Bernd-Lutz Lange

Teekessel und Othello

aufbau

Bernd-Lutz Lange, geboren 1944 in Ebersbach/Sa., wuchs in Zwickau auf. Nach einer Gärtner- und Buchhändlerlehre studierte er an der Fachschule für Buchhändler in Leipzig. 1966 war er Gründungsmitglied des Kabaretts »academixer«, von 1988 bis 2004 trat er im Duo mit Gunter Böhnke auf, danach vorwiegend mit der Sängerin und Kabarettistin Katrin Weber. Von Bernd-Lutz Lange liegt inzwischen rund ein Dutzend Bücher vor. Im Aufbau Verlag sind »Dämmerschoppen«, »Magermilch und lange Strümpfe«, »Mauer, Jeans und Prager Frühling«, »Ratloser Übergang«, »Das Leben ist ein Purzelbaum« sowie »Davidstern und Weihnachtsbaum« lieferbar. 2013 erschien im Aufbau Verlag »Nischd wie hin. Unsere sächsischen Lieblingsorte« (zusammen mit Tom Pauls). 2014 erhielt Bernd-Lutz Lange das Bundesverdienstkreuz.

Bernd-Lutz Lange

Teekessel und Othello

Meine sächsischen Lieblingswitze

Mit Zeichnungen von Lothar Otto

aufbau

MIX
Papier aus verantwortungsvollen Quellen
FSC® C083411

ISBN 978-3-351-03638-6

Aufbau ist eine Marke der Aufbau Verlag GmbH & Co. KG

1. Auflage 2015

Die Originalausgabe erschien 2004
im Hohenheim Verlag Stuttgart • Leipzig
Einbandgestaltung ZERO Werbeagentur, München
unter Verwendung einer Illustration von Lothar Otto
Druck und Binden CPI books GmbH, Leck, Germany
Printed in Germany

www.aufbau-verlag.de

Inhalt

Der Witz der Sachsen

Also eins sei erst einmal vorsichtshalber gesagt (damit sich niemand auf seinen regionalen Witzschlips getreten fühlt …): Natürlich weiß ich, daß es überall in Deutschland humorvolle Menschen gibt. Aber der sächsische Witz besitzt tatsächlich einige Besonderheiten. Das hat mitunter historische Gründe. Lesen wir, was Professor Lutz Röhrich (der Mann stammt aus den alten Bundesländern!) über unsere Eigenschaften schreibt:

»… Sachsen war ein Hauptort der Aufklärung … So hat der Sachse eine Neigung, verstandesmäßig an die Erscheinungen des Lebens heranzukommen. Er fragt immer nach den Gründen für die Erscheinungen. Über alles sucht er sich ein Urteil zu bilden. Dabei gibt es für ihn nichts Absolutes; alles hat nur einen relativen Wert.«

Diese Aussage erinnert mich an einen jüdischen Witz. Was die Juden der Welt gaben: Moses – das Gesetz, Jesus – das Gewissen, Marx – das Bewußtsein, Freud – das Unterbewußtsein, und Einstein sagte:

»Alles ist relativ.«

Sächsischer Witz verfügt neben einem Humor,

der etwas »um die Ecke geht«, weiterhin über eine große Portion Selbstironie, und diese beiden Eigenschaften sind auch die beste Voraussetzung dafür, daß wir Sachsen tatsächlich viele gemeinsame Witze mit den Juden haben. Ich habe über die Jahre viele Sammlungen sächsischen und jüdischen Humors zusammengetragen, und irgendwann entdeckte ich, daß einige Erlebnisse im Alltag sowohl Herrn Kretzschmar als auch Herrn Mandelbaum widerfahren waren. Diese zufällige Entdeckung fand ich in dem Buch »Der Witz« von Professor Lutz Röhrich bestätigt: »... viele sächsische Witze sind ursprünglich tatsächlich jüdische Witze.«

Nun will ich Sie aber erst einmal über den Titel dieses kleinen Buches aufklären. Als Nichtkenner eines unserer Witz-Klassiker werden Sie sich gefragt haben, was denn ein »Teekessel« mit »Othello« gemeinsam haben soll ...?

Was ist der Unterschied zwischen beiden?

Ganz einfach: Beim Deegässl, da sieded dähr Dee. Und beim Odhello, da deeded dähr sie.

Als Nichtsachse müssen Sie das unbedingt laut lesen, damit sich Ihnen sowohl der Unsinn als auch der Wohlklang der sächsischen Sprache völlig erschließt.

Sächsischer Humor verfügt bis heute über eine absurde Komponente. Der Redakteur Matthias Bartl überschrieb die Besprechung des Programms »ZWEI-

FEL LOS« des Kabarett-Duos Böhnke/Lange mit »Saggsn zwischen Dada, Dialekt und Dialektik«.

Diese Formulierung hat Gunter Böhnke und mich hoch erfreut, denn wir empfanden sie als höchstes Lob.

Die Witze und sächsischen Miniaturen, die Sie in diesem Band finden, stammen aus den letzten hundert Jahren. Gott sei Dank, ist dem Volk der Witz nie ausgegangen. Jeder weiß, daß Humor nicht nur lebens-, sondern sogar überlebenswichtig ist. Zu allen Zeiten!

Nun ein grundsätzliches Wort zu unserem mitunter geschmähten Dialekt. Was oft doch ziemlich unbekannt ist (nicht nur in den alten Bundesländern) und was sich heute kaum noch ein Mensch vorstellen kann: Sächsisch war zeitweise quasi die Hochsprache!

Ja! Nun lachen Sie nicht!

In welches Deutsch hat denn Luther die Bibel übersetzt? Na? Und jetzt kommt ein Zitat von ihm, daß Sie in den Sessel drückt:

»Ich rede nach der Sechsischen cantzley, quam imitantur omnes duces et reges Germaniae; alle reichstette, fürstenhöfe schreiben nach der Sechsischen cantzeleien unser Churfürsten. Ideo est communissima lingua Germaniae.«

Der letzte Satz bedeutet nicht etwa, daß Deutsch die Sprache des Kommunismus ist, sondern – wie ich mir habe sagen lassen – deswegen ist quasi dieses »sechsisch« die allgemeine Sprache Deutschlands.

Was sagen Sie nun?

Schließlich hat Goethe ja vor allem in Leipzig studiert, um die Hochsprache kennenzulernen! Wenn es in der folgenden Zeit andersrum gekommen wäre, würden heute im Bundestag die Reden auf Sächsisch gehalten. Auf den Inhalt würde sich dies aber auch nicht auswirken … Vor hundert Jahren wurde in unserem Dialekt auch fleißig Heiteres gedichtet. Zum Beispiel von einem Mann namens Georg Boetticher. Sein Sohn hat ihn als Schriftsteller meilenweit überrundet. Er brillierte als großer Poet mit besonders hintergründigem Witz und heißt Joachim Ringelnatz.

Ein Dresdner Schriftsteller warnte jene Leute, die sich über unseren Dialekt lustig machten:

»Ich habbs nich gerne, wennse driewer lachn.
Da bin ich komisch, weil ichs gar nich bin.
Sie denkn bloß, mit uns, da kennses machn.
Kommse nur hin.«

Und da ein Sachse bekanntlich nicht nur »helle und heeflich«, sondern auch »heemdigsch« sein kann, artet sein Gedicht sogar in einer unverhohlenen Drohung aus:

»… Wir sinn nich so gemiedlich, wie wir schbrechn.
Wir hamm, wenns sein muß, Dinnamit im Bluhd.
Da kennse Gifd droff nähm, daß wir uns rächn!
Na, Ihr Gesichde merkd sich ja ganz guhd …«

Erich Kästner schrieb jene Zeilen ins Stammbuch der Sachsen-Spötter.

Die sächsischen Klassiker und die Balladen der Leipziger Mundartdichterin Lene Voigt waren in den zwanziger Jahren des vorigen Jahrhunderts in allen deutschen Landen beliebt. Und das ist bis heute so geblieben. Hans Reimann, ebenfalls Messestädter, schrieb unter anderem die klassischen Anekdoten vom »Geenich« und glänzte auch in seinen anderen Werken mit hintergründigem, manchmal auch boshaftem Humor.

All diese Leute haben jenen besonderen Witz weitergegeben. Und wenn man sich überlegt, daß selbst Heinrich Zille und Karl Valentin eine sächsische Mutter hatten … so bezogen also die größten Vertreter des Berliner und des bayrischen Humors ihren »Mutterwitz« auch aus unserer Region.

In der ersten Hälfte des 20. Jahrhunderts gab es in Deutschland eine ganze Reihe mehr oder weniger bekannter Humoristen aus Sachsen, die auf Kleinkunstbühnen auftraten. Der bekannteste war wohl seinerzeit der Komiker Paule Beckers mit seinem beliebten Solo über das »Blääädbrääd«.

Was mag das sein? Ganz einfach, in Sachsen nennt man das Bügeleisen auch die »Blädde«, und dort, wo das Hemd während des Bügelns liegt, das ist eben das »Blääädbrääd.«

Beckers spielte in sechzig UFA-Filmen mit. Sein

Enkel hat die Gene des Großvaters geerbt. Meigl Hoffmann arbeitet in Leipzig als Kabarettist. Er pflegt – neben seinem aktuellen politisch-satirischen Programm – auch entsprechendes Kulturerbe. »Laß dir bloß die Nase ändern« heißt ein Programm mit Liedern des unvergeßlichen und immer aktuellen Otto Reutter. Mit dem trat seinerzeit sein Großvater im Berliner Wintergarten auf. So schließt sich der Kreis – wenn das der Opa wüßte …!

So manche deutschlandweite Humoristen-Karriere begann übrigens damals im Leipziger Krystallpalast. Auch ein Auftritt der »comedian harmonists« in ihrer Frühzeit stellte hier wichtige Weichen für die Zukunft.

Der letzte sächsische Komiker in der alten Tradition war zweifellos Eberhard Cohrs, der in den fünfziger und sechziger Jahren wahre Triumphe feierte. Zu DDR-Zeiten waren der Dresdner und die ebenfalls von dort stammenden »Vier Brummer« ein Renner.

Der Leipziger Manfred Uhlig, einst auch »Pfeffermüller«, war DDRweit als einer der drei »Dialektiker« in der Fernsehsendung »Ein Kessel Buntes« und wegen seiner Radiosendung »Alte Liebe rostet nicht« sehr beliebt und bekannt. Und ist immer noch humoristisch aktiv!

Die frechen Soloconferenzen des in Elbflorenz lebenden O.F. Weidling liebten die Ostdeutschen besonders. Der Mann segelte immer hart am politischen Wind, bis ihm dann eines Tages Genosse Mittag und Konsorten den Stöpsel aus dem Boot zogen.

Auch der für mich größte Komödiant der ostdeutschen Bühne wuchs in Dresden auf: Rolf Ludwig. Er begeisterte das Publikum im Deutschen Theater Berlin über Jahrzehnte (und das nicht nur in Komödien ...). Auch mit verschiedenen Filmen bleibt er uns in Erinnerung. Das gilt erst recht für den Zwickauer Gert Fröbe, den einzigen Weltstar aus Sachsen. Fröbe und Ludwig, die hätte ich gern einmal zusammen in einem Film gesehen ...

Auch das politisch-satirische Kabarett der DDR hatte seine Hochburg in Sachsen. Als die »schärfsten« Kabaretts im Osten galten stets die »Pfeffermühle« und die »academixer« in Leipzig sowie die »Herkuleskeule« in Dresden. Hans Glauche und Fritz Ehlert, beide dort als Kabarettisten tätig, genossen DDR-Ruhm durch ihre auch im Fernsehen gezeigten Dialoge als »Gustav und Erich«. Allein wenn Glauche im zittrigen Sächsisch »Mmmmei Erich« sagte, jubelten die Zuschauer schon. Schließlich war es der Vorname des ungeliebten Parteichefs, der da in zumeist kuriosem Zusammenhang benutzt wurde. Glauche war ein großer Kabarettist in der alten deutschen Tradition.

Auch von den 600 (!) Amateurkabaretts in der

DDR siedelten die meisten im sächsischen Raum. Aus der »Zwickmühle« in meiner Heimatstadt Zwickau mit dem Sachsen Hans-Günther Pölitz wurde längst ein beliebtes Kabarett, daß nun in Magdeburg ansässig ist. Pölitz haben Sie – so Sie ein Kabarettfreund sind – garantiert früher als einen der »Drei von der Zankstelle« im MDR-Fernsehen erlebt.

Sie sehen, es ist also was dran, daß die meisten Kabarettisten und Humoristen im Osten aus Sachsen stammen!

Leipzig hat heute allein im Zentrum der Stadt fünf Kabaretts. Neben den beiden schon genannten gibt es noch »Sanftwut«, »Die Funzel« und das Central Kabarett. In Dresden residiert inzwischen noch das Kabarett »Breschke & Schuch«. Der Solokabarettist Olaf Böhme, ebenfalls von dort, ist unter anderem ein Begriff mit seiner Standardfigur als »Betrunkener Sachse«, der die Welt dann aus einer ganz besonderen Optik betrachtet.

Das legendäre »Zwinger-Trio« aus Dresden hat Kultstatus in Sachen gehobenen Nonsens. Tom Pauls eroberte als »Frau Bähnert« nicht nur die sächsischen Herzen. Lene Voigt wäre garantiert glücklich über seine Interpretationen ihrer sächsischen Klassiker. Ich glaube, so gut kamen die noch nirgends über eine Rampe. Sein ehemaliger Partner Uwe Steimle, ebenfalls Dresdner, ist mit seinem Solo-Programm längst in ganz Deutschland gefragt. Wie auch der gesamtdeutsche Star Wolfgang Stumph, der schon oft im Film und Fernsehen den sächsischen Wohlklang unserer Sprache im ganzen Land verbreitet hat. Vor allem in jenem, inzwischen schon zum heiter-satirischen Film-Klassiker gewordenen »Go, Trabbi, go«.

An dieser Stelle ein Wort zu jenem, immer wieder mal verbreiteten Urteil: Sächsisch wäre der unbeliebteste Dialekt in Deutschland. Ich war seit 1990 mit meinem Freund und Kollegen Gunter Böhnke mit Kabarettprogrammen in großen und kleinen westdeutschen Städten unterwegs. Nie haben wir auch nur einmal Antipathie gegenüber dem Sächsischen gespürt. Wir gastierten sogar da und dort mit einem reinen sächsischen Humorprogramm (»So sinn mir Saggsn!« spielten wir tatsächlich zehn Jahre lang!). Die Besucher in München und anderen westdeutschen Städten konnten gar nicht genug sächsische Witze hören. Und immer wieder wurde uns gesagt, daß unser Dialekt viel einfacher zu verstehen wäre als beispielsweise Schwäbisch oder Bayrisch. In der Schweiz kam nach der Vorstellung eine Frau in unsere Garderobe und meinte (Das »ch« ist bei dem folgenden Satz als harter Rachenlaut zu sprechen!): »Ihr Dialecht, der chlingt ja wie Musich!« Na bitte!

Unser Dialekt wurde vor allem nach dem Krieg diskreditiert. Durch Walter Ulbricht und Co. Da

Sachsen in der DDR das dichtbesiedelste und bevölkerungsreichste Land war, wurden eben auch viele sächsische Parteigänger nach Berlin geholt. So entstand der böse Satz: »Die Sachsen sind die fünfte Besatzungsmacht.«

Die Sachsen waren auch durch »Grenz-und Zollorgane« überproportional vertreten. Aber, glauben Sie mir, ein hochdeutsch sprechender Mecklenburger war deshalb keineswegs freundlicher!

Das Klischee sitzt tief. Wenn im Fernsehen ein Blöder gebraucht wird, muß er Sächsisch sprechen. Bully Herwig läßt in seinem Film »(T)raumschiff Surprise – Periode 1« den Bösen sächseln.

Als Thomas Gottschalk in der Sendung »50 Jahre Rockmusik« die »Puhdys« ankündigt, verfällt er sofort in – seiner Meinung nach – sächsischen Dialekt. Der Mann kann tatsächlich vieles, aber nicht Sächsisch! Nun machte Gottschalk auf »Die Buhdys … un so … im dehdeh vierundsechzig …«.

Im Berliner Jugendradio dt 64 ging nie ein Wort Sächsisch über den Sender, und kein »Puhdy« sprach diesen Dialekt!

Manchmal wird's auch bösartig. Zum Beispiel bei einem Moderator eines Hamburger Rundfunksenders, der Ansagetexte von Anruf beantwortern aus Sachsen mit dem zynischen Satz kommentierte: »Hier kommt der Beweis, daß Radio auch Krankheiten übertragen kann.«

Ist ja klar, nur die im Osten können solch einen Dialekt haben. Da waren ja auch die Russen. Und wenn nun Sachsen in Westdeutschland gelegen hätte …?

Niemand im Westen käme auf die Idee, einen bayrisch sprechenden Vertreter zu entlassen – mit einem sächsischen wurde es versucht. Zum Glück klagte der Mann und gewann.

Es passiert immer wieder, daß Menschen aus Wismar, Rostock oder Stralsund automatisch von Bewohnern der alten Bundesländer für Westdeutsche gehalten werden … nur, weil sie hochdeutsch sprechen.

Ich halte es mit dem polnischen Satiriker Julian Tuwim, der einst schrieb: »Dialekte sind der Aufstand gegen die herrschende Hochsprache.« Gönnen wir uns für die Zukunft also noch etwas Aufstand!

Zum Schluß noch ein paar Sätze zum Sachsen an sich. Er ist durchaus ein Überlebenskünstler. Das hat er in der bisherigen Geschichte immer wieder bewiesen. Lassen wir an dieser Stelle meinen ehemaligen Kollegen Jürgen Hart zu Wort kommen. Er war »academixer«-Chef, gründete das Kabarett mit Gunter Böhnke, Christian Becher und mir im Jahr 1966 und ist Schöpfer des gesamtdeutschen Hits »Sing, mei Sachse sing«. Viel zu früh starb er 2002 mit 59 Jahren. In seinem Buch »Die unernste Geschichte Sachsens« hat er folgendes zur Mentalität unseres Volksstamms geschrieben:

»Die sächsische Geschichte ist eine Folge von mehr oder weniger gutartigen Katastrophen, als deren Ergebnis der Sachse schließlich ein Mensch von vorsichtigem Draufgängertum, emsiger Bequemlichkeit, engstirniger Weitsicht, gemütlicher Unleidlichkeit und erfindungsreicher Anpassungsfähigkeit geworden ist. Er verfügt über die seltensten Talente und höchsten Gaben, ist aber gleichzeitig mit so viel Gleichgültigkeit und Wurstigkeit ausgestattet, daß ihm ein Leben in beschaulicher Mittelmäßigkeit durchaus als glücklich und wünschenswert erscheint. Er haßt Pathos und große Gesten und wird weder von heftigen Glücksschlägen noch von unverhofftem Unglück dauerhaft aus der Fassung gebracht …«

Aber um so sein zu können, das kann ich Ihnen sagen, da braucht man eben ein gerüttelt Maß an Witz und Humor!

Der Sachse im Alltag

Zwei Freunde im Gespräch. Nach einer Pause sagt der eine: »Wenn ich ä mal bangsionierd bin … dann sädz ich mich in ä Schauglschduhl un mache erschdema ä Värdljahr iewrhaubd nischd mähr!«

»Un dann?«

»Dann?…Nu, dann wär ich vielleichd mal ä Häbbchen schaugeln.«

Ein Mann geht im Dresdner Hauptbahnhof den Bahnsteig entlang und ruft immer: »Herr Bähzold! Herr Bähzold!«

Schließlich steckt ein Reisender seinen Kopf durch das Zugfenster und sagt: »Ja?!«

Der Rufende bleibt stehen und haut dem Mann sofort eine Ohrfeige runter. Die Umstehenden sind von dem Vorfall ganz betroffen. Der Mann jedoch, der die Ohrfeige gekriegt hat, strahlt und lacht.

Da fragt einer der Augenzeugen: »Nun sagen Sie mal, was haben Sie denn für einen Grund, darüber noch zu lachen?«

»Nu, dähn habb ich vielleichd veräbbeld – ich heeße gar nich Bähzold!«

Auf einem Jahrmarkt an einer Schießbude.

Obwohl ein Mann schon ganz schön einen »gezwitschert« hat, trifft er immer noch hervorragend und gewinnt eine kleine lebende Schildkröte. Nach einer Weile ist er wieder da und schießt sogar den Hauptgewinn: eine Kristallschale!

Darauf meint er zu dem Besitzer der Bude: »Nee, lassn Se mal die Grisdallschale, gähm Se mir liebor noch so ä aldbaggenes Fischbreedchn!«

Zwei Mütter unterhalten sich.

»Wie heeßdn eechendlich Ihr Gleener?«

»Gindr.«

»Wie gonndn Se dähm bloß so ä Nahm gähm?! Wenn Se nu mal ›Gindr‹ rufn, da gomm doch alle meechlichn Gindr, bloß nich Ihr Gindr!«

Der alte Oehmichen aus Pirna erzählt einen Traum.

»Ledzde Nachd hawwe ich gedräumd, daß'ch in den Himmel gahm. Da lehnde eener am Zaun und saachde: ›Nu gugge da, dorr alde Oehmichen aus Bärne.‹ Ich dachde mir glei, daß das door Beedrus war. ›Wo wollnse denn hin?‹ ›... Nu ja ... ich wollde eechendlich in dn Himmel ...‹ ›Zur ewchn Seelichgeid gehds da driem lang, dann rechds um de Ägge. Dann gommse an eene große Diere. Dord globfn Se an, un dann wärd Ihn aufgedahn.‹

Nu ja, ich mache los, gomme ooch an die große

Diere, globbe an, awwr mir wärd nich aufgedahn! Ich globbe schdärger! Nischd! Nu nähme ich ä gleen Anlauf, sause gäschn die Diere, da gehd se off, un ich schliddere iewrs Baargädd. Un was soll ich Ihn saachn … da sidzd doch unser Herr Jesus in seiner ganzn Härrlichgeid, guggd mich midd seinen scheen giedchn Oochn an und saachd: ›Ja, ja – se glemmd ä bißchen.‹

Ein Vertreter kommt von einer Geschäftsreise zurück. Früher als geplant …

Sein kleiner Sohn empfängt ihn aufgeregt mit der Mitteilung, im Schlafzimmerschrank stünde ein Gespenst.

»Ach wo, mei Gleener, da brauchsde geene Angsd zu haben, Geschbänsdr gibbs gar nich.«

»Eua, Babba, awwr im Schlafzimmerschrangk is ä Geschbänsd!”

»Wenn ich dir saache, Geschbänsdr gibbs bloß im Märchen!«

Der Kleine läßt nicht locker, ningelt und ningelt, und schließlich sagt der Vater: »Na guhd … guhd da will ich mir mal dein Geschbänsd anguggn!«

Sie gehen ins Schlafzimmer, er öffnet die Schranktür … da steht in sehr dürftiger Bekleidung sein bester Freund vor ihm!

»Nee, also das hädd' ich nich von dir gedachd! Mir sinn schon so lange befreinded, du gehst bei uns

ein un aus, du ißt manchmal hier, ich habe dir so ein schönen Bosdn vorschaffd … un was machsd du zum Dangk?! Schdellsd dich in Schrangk un erschräggsd meinen Sohn!!!«

Der kleine Sohn fragt seinen Vater: »Saachema, Babba, warum hasdn du eichendlich de Mama geheiraded?«

Der Vater zu seiner Frau: »Siehsde, Gerda, nichäma dor eichne Sohn ganns vorschdehn …«

Ein Kontrolleur betritt eine Straßenbahn in Zwickau und bittet um die Fahrscheine.

Ein Fahrgast hat gedankenlos mit seinem Schein

gespielt und ihn zu einem kleinen Kügelchen zusammengeknüllt. Etwas verlegen reicht er das dem Kontrolleur. Der entrollt vorsichtig den Schein und streicht die Knitter aus dem Papier. Dann gibt er ihn wieder dem Mann zurück und meint: »Zusammgnaudschn duhn Se sich'n wohl wieder alleene!«

Ein mutiger Mann rettet aus einem Fluß unter Lebensgefahr einen Jungen vor dem Ertrinken. Die Mutter des Kindes eilt heran und bedankt sich überschwenglich bei dem Retter.

»Nee, guhder Mann, wie soll ich Ihn dafier dangkn, dasse mein Sohn gerädded hamm! Das gann'ch gar nich midd Wordn ausdriggn! Dausend, dausend Dangk ... awwr saachn Se ma ... dähr Junge hadde doch eene Midze ... wo issn die?!«

»Härr Doggdor, ich hawwe schräggliche Schmerzn, mal rechds im Bauch, mal lingks un manchmal ooch in dor Midde.«

»Wo hat es denn zuerst weh getan?«

»Offn Augusdusbladz.«

Zwei Freundinnen unterhalten sich.

»Deine Tante ist ja wirklich sehr alt geworden. War sie denn noch bis zuletzt geistig auf der Höhe?«

»Das weeß'ch nich. Das wärn mor erschd morschn sähn, wenn's Dässdamend eröffned wird!«

Ein älterer Mann beugt sich immer wieder über ein Brückengeländer und blickt verzweifelt ins dunkle Wasser. Eine Leipzigerin hat das beobachtet, tritt heran und fragt: »Saachn Se mal, Se wolln sich doch nich am Ende in den Fluß neinschdärzn?!«

»Äscha, nee, nee, mir is nur meine Brille hier in de Bleiße gefalln!«

»Awwr mei Gudsder, das is doch nich de Bleiße, das is doch de Elsder!«

»Sehn Se, das habbch ohne Brille gar nich gesähn!«

Lehmanns haben Post bekommen. Ihre Tochter bekennt sich aus der Großstadt dazu, daß sie Striptease-Tänzerin geworden ist ...!

Der Vater ist entsetzt!

»Na, was saachsd du denn dazu?!!«

»Nu ja ... da missn mir uns glei mal gimmern, ob wenichsdens de Biehne guhd geheizd is.«

Die Oma fragt ihren Enkel: »Na, weißt du denn schon, was du deinem Bruder zu Weihnachten schenkst?«

»Nee, voriches Jahr haddor von mir de Masern gekricht.«

In der Schule.

»Wer kann von euch das Präsens von ›haben‹ konjugieren?«

Der kleine Frank versucht es: »Ich habe, du hast ... er hat ... da hammrsch, da habbdrsch, da hammses!«

Der Direktor einer Firma fragt den neuen Mitarbeiter. »Na, Herr Kramer, sind Sie denn auch wirklich ehrgeizig?«

»Awwr sicher, Härr Diräggdor, da gennse Gifd droff nähm, daß ich ehrgeizig bin! Ich ruhe nich eher, bis ich off Ihrem Bladze sidze!«

Auf der Straße trifft Schaarschmidt seinen alten Freund Hertel.

»Guhd, daß'ch dich dräffe! Saachema, gannsd du mir ma aus eener momendahnen Vorleechenheid helfn. Hasd du vielleichd fuffzch Marg einschdäggn?«

»Nee, du, das duhd mir leid.«

»Un zu Hause?«

»Dangke, alles gesund un mundor!«

Von Liebe und Ehe

Zwei Freundinnen beim Kaffeeklatsch:

»Mir fahrn dieses Jahr an de Riffchärah.«

»Da ward ihr doch erschd voriches Jahr – off eurer Hochzeidsreise!?«

»Das schon, awwr diesmal wolln mor bahdn.«

Im gemütlichen Heim. Aus dem Nachbarzimmer fragt die geliebte Stimme:

»Gährhard, sidzd du äddwa in dem neuen Bolsdersässl!?«

»Nee … ich sidz offm Boden.«

»Guhd, dann schlaach awwr dähn Däbbich zurigg!«

Pätzold ist von einem Auto überfahren worden.

»Is er dohd?« fragt seine weinende Frau den Arzt im Krankenhaus.

»Ja.«

Da richtet sich Pätzold auf: »Nein, ich läwwe!«

»Bisde ruhich! Dähr Doggdor wärd's wohl bässer wissn!«

Ein Wanderer kommt durch ein kleines sächsisches Dorf und spricht einen Bewohner an:

»Sagen Sie mal, wie kommt es denn, daß es in ihrem Dorf so viele kleine Kinder gibt? Das ist ja richtig auffällig!«

»Na ja, wissense, das hängd dadormidd zusamm – friehmorschens gorz nach viere gommd hier ä D-Zuhch durch un feifd. Da wärn mir alle mundor. Na ja … zum Uffschdehn isses noch zu frieh, un schlaafn gann morr ooch nich mähr …«

Fräulein Kühne beschwert sich bei ihrem Eberhard:

»Du hasd verschbrochn, daß mir im Sommer heirahdn!«

»Nu glaar, meine Guhde, awwr sahch ma ehrlich: Hamm mir dieses Jahr ä Sommer gehabbd!?«

Großbürgertum im alten Sachsen. Die Gnädigste schimpft mit ihrer Köchin.

»Was muß ich da hören, Paula, Sie bekommen schon wieder ein Kind? Wo sie schon zweimal in dieser Lage waren, dachte ich, Sie sind nun vernünftig geworden!«

»Tja, gnädiche Frau, ich gann nu mal nich ungefällich sein.«

Ein Ehepaar. Die Gattin singt gern. Eines Tages faßt sie sich ein Herz und fragt:

»Saache ma, Erhard, warum gehsdn du eichendlich immor offn Ballgong, wenn ich singe?«

»Damidd de Leude nich dängkn, ich vorglobbe dich.«

Herr Schmiedel ist mit Gattin zu einem Kurzurlaub nach Bad Schandau gefahren. Als sie sich zu Bett begeben, stellt sich heraus, daß jedes Wort und Geräusch aus dem Nachbarzimmer zu hören ist. Drüben wird kräftig gekichert und geturtelt:

»Na, wo is denn dähr gleine sieße Bohboh? Wo isser denn? Wo is denn das gleene sieße Bohbohchen?«

Nachdem sich das Schmiedel eine ganze Weile

angehört hat, packt ihn die Wut, und er brüllt: »Nu vorbibbch nochäma – dähr Arsch muß doch zu findn sein!!!«

Im Liebesrausch.

»Frängie … ach Frängie … liebsde mich?«

»Nadierlich … nadierlich lieb ich dich …«

»Sähre?«

»Na glaar … Susi … na glahr … lieb ich dich sähre!«

»Frängie … heiradsde mich?«

»Nee.«

»Runder!«

Ein Mann kommt nach Hause und sieht seine Frau mit einem Fremden im Bett. Er sagt zu seiner Frau: »Schäme dich!« Und zu dem Fremden: »Un Sie heern off dor Schdelle off!«

Zwei Freunde spazieren durch einen Park. Da sagt der eine:

»Du, mir sinn doch nu schon viele Jahre befreinded …«

»Ja, das gannsde laud saachn, daß mir schon lange befreinded sinn.«

»Un da gann'ch dir doch ooch ä mal eene bißl bährseenliche Fraache schdelln …«

»Du gannsd mich fraachn, was de willsd.«

»Also … also ich hawwe geheerd … daß deine Frau … also daß die im Bädde unheimlich scharf sein soll. Saache mal, schdimmd das?!«

Sein Freund antwortet nach einer kurzen Pause:

»Ach weeßde, die een saachn so und die andern saachn so.«

Der Sachse liebt die Kunst

Wallensteins Tod. Letzter Akt, letzte Szene. Wallenstein ist ermordet. Octavio Piccolomini tritt auf:

»Es darf nicht sein! Es ist nicht möglich! Gordon! Ich will's nicht glauben. Saget nein!«

Aber Gordon antwortet nicht. Er weist nur erschüttert mit der Hand zum Hintergrund der Bühne, wo gerade Wallensteins Leichnam in einem zusammengerollten Teppich hinausgetragen wird. Da hört man in einer Parkettreihe eine Frau zu ihrer Nachbarin sagen:

»Iebrichens, Borngräbers ziehen ooch um.«

Während einer Vorstellung kommt der Logenschließer zum Theaterarzt:

»Härr Doggdor! Gommse mal rundor ins Bahrgädd. Bei uns is eene Dame umgefalln. Ich habbse inzwischen schon offgegnäbbd!«

Herr Kretzschmar hat ein Theateranrecht. Nach einem Schauspielbesuch fragt ihn Herr Petzold:

»Na, wie war'sch denn im Dehahdr?«

»Ach, wissen Se, ich hawwe mei Anrächd nu schon iewr zwanzch Jahre – ich gugge gar nich mähr hin.«

Ein Zuschauer bewirft nach dem Ende des Schauspiels den Hauptdarsteller mit Tomaten. Der Schauspieler flüchtet hinter die Kulissen. Plötzlich klatscht der Tomatenwerfer wieder enthusiastisch. Sein Nachbar sagt zu ihm:

»Na, das versteh ich nicht, erst werfen Sie Tomaten und nun klatschen sie wieder?!«

»Dähr soll nochämal rausgomm, ich habe noch zwee'e!«

In einem sächsischen Opernhaus. Ein Tourist und ein Einheimischer sitzen nebeneinander. Ein miserabler Tenor quält sich auf der Bühne. Seine große Arie schafft er mit Müh und Not. Und vor allem mit reichlich falschen Tönen. Trotzdem gibt es zum Erstaunen des Touristen anschließend großen Beifall. Der Mann kann es nicht fassen. Sein Nachbar ruft sogar:

»Da gahboh!«

Der Sänger wiederholt die Arie. Noch schlechter. Anschließend wieder großer Beifall.

»Da gahboh!«

Der Fremde faßt sich an den Kopf. Erneut tritt der

Tenor an die Rampe und singt mit letzter Kraft. Kläglich! Das Publikum rast. Der Nachbar: »Da gahboh, da gaboh!«

Schließlich verliert der Opernbesucher die Geduld und herrscht den Mann an: »Nun, sagen Sie mal, finden Sie denn diesen Sänger wirklich so gut?!«

»Nee, awwr heide mach mir'n färdsch!«

Tristans Todeslied. Es dauert und dauert. Da flüstert Frau Kretzschmar ihrem Mann ins Ohr:

»Du, Oddo, baß off, ich glowwe, dähr wärd wieder!«

»Du, Garle, als ich gäsdorn midd dor Zwee'e nach Gonnewidz gefahrn bin, da schdand Beethoven nähm mir!«

»Das gloob ich dir nich.«

»Das gannsde mir awwr gloom!«

»Ich gloob dirsch awwr nich! De Zwee'e fährd gar nich nach Gonnewidz!«

»Tannhäuser«.

In einer einfachen Kutte treten die Rom-Wallfahrer auf. Herr Kretzschmar flüstert seiner Frau zu:

»Billcher-Gohr«.

Sie flüstert zurück:

»Das siehd mor doch glei an dähr Gleidung, daß das ä billcher Gohr is.«

Die Mutter steht vor der Wiege und fragt ihren Mann:

»Soll'ch dähm Gleen mal was vorsing, dasser schläfd?«

»Nee, warde mal, Hildegard, versuch's erschdema im Guhdn."

Tante Else und Onkel Paul kommen zu Besuch. Der kleine Rainer wird von seinen Eltern aufgefordert, doch einmal etwas von seinen Klavierspielkünsten hören zu lassen. Nach dem ersten Stück sagt er:

»Das war Andande.«

»Sehr scheen, mein Kind, wärglich sehr scheen, awwr nu schbiel auch mal was an Ongkel.«

Im Kaffeehaus und im Lokal

In einem Kaffeehaus sitzen ein Fremder und ein Einheimischer an einem Tisch. Der Mimik des Einheimischen ist anzusehen, daß er offensichtlich eine Frage auf dem Herzen hat, sich aber nicht traut. Man merkt regelrecht, daß er immer wieder einmal Anlauf nimmt; schließlich faßt er sich doch ein Herz und fragt den Fremden: »Sie wärn endschuldchn, derfde ich mal mein Guhchn in Ihrn Gaffee didschn? Meiner is nämlich alle.«

In einer Konditorei. Ein Gast gibt seine Bestellung auf:

»Ich hädde gern ä Schdiggl Gwargguchn.«

Der Ober bringt das Gewünschte. Nach dem ersten Bissen verzieht der Gast das Gesicht, ruft den Ober und meint:

»Herr Owwr, es duhd mir leid, awwr dähr Gwargguchn schmäggd gans bidder!«

»Dähr schmäggd bidder?«

»Ja«

Dem Ober tut das ebenfalls leid, und er sagt:

»Dann werde ich Ihnen den Gwargguchn soford umdauschn.«

»Na, wenn das gehd!«

»Nadierlich gehd das. Da bring ich Ihnen fier dähn Gwargguchn ä Schiggchen Schdreiselguchn, ja?«

»Gärne, awwr ich hawwe doch dähn Gwargguchn nu schon angebissn …«

»Das machd nischd, wir hamm ooch angebissnen Schdreislguchn!«

Ein Mann kommt ins Kaffeehaus, der Ober eilt heran:

»Bidde scheen, mein Härr, was hamm Sie fier einen Wunsch?«

»Ich hädde gärn ä Schdiggl Dorde.«

»Gein Brohblehm! Hammer einen besonderen Wunsch an Dorde?«

»Nee, ä scheenes Schdigg.«

Der Ober scherzt:

»Na, wenn Se ä scheenes Schdigg hamm wolln, dann wär ich's Ihnen noch ä bissl anmaln! »

Nach kurzer Zeit kommt der Ober zurück: »Sähnse hier, mein Härr, Ihr scheenes Schdiggl Dorde, Schwarzwälder-Kirsch, das mißde doch in Ihrem Sinne sein.«

Nachdem der Ober den Teller abgestellt hat, meint der Gast: »Ich hädde gärn ä Gonnjagg.«

»Ein' Gonnjagg dazu.«

»Nee, schdadd dähr Dorde.«

»Bidde?«

»Ich hädde gärn ä Gonnjagg schdadd dähr Dorde!«

»Schdadddährdorde?!«

»Ja.«

»Gann das sein, daß Sie sich's vielleicht anders iewrlähchd hamm?«

Der Ober, nicht sehr erfreut, schüttelt den Kopf, nimmt die Torte wieder mit und bringt einen Kognak.

»So, mein Härr, ich hoffe, es is dies' Mal recht. Sähr zum Wohl!«

Der Gast trinkt den Kognak in einem Zug aus, sagt »Auf Wiedersehn!« und will gerade das Kaffeehaus verlassen, da ruft ihm der Ober zu:

»Nu, Momend ä mal, mein Härr, Sie haben noch gar nich bezahld!«

»Was soll ich denn bezahln?«

»Nu, dähn Gonnjagg!«

»Na, dadorfier habe ich Ihnen doch die Dorde gegähm!«

»Awwr die hammse doch ooch nich bezahld!«

»Die habb ich ooch nich gegässn!«

Im Restaurant.

»Möchten Sie den Karpfen blau essen?«

»Nee, bringse erschdema dähn Fisch. De Gedrängke gomm hindorher.«

Die gemütlichen Sachsen!

Ein Ehepaar bestellt in einem Restaurant Sauerbraten mit Klößen und bekommt vom Ober Karpfen blau! Nach einigen Sekunden des Schweigens sagt die Frau zu ihrem Mann:

»Gomm, mach mor geen Offschdand un wärchn das Zeich nunder!«

In einem noblen Hotel-Restaurant sitzen einige Herren bei einem guten Glas Wein und unterhalten sich über die schönen Dinge des Lebens.

Ein Engländer meint:

»Für mich ist das Schönste, wenn ich sitze an meine Kamin und rauche Pfeife. Dazu ich trinke eine gute Whisky und lese den ›Guardian.‹«

Ein Franzose sagt:

»Nun, für miesch ist das Schönnste, wenn isch abbe eine schönne Frau bei mir auf die Chaiselongue, übergieße Frau mit Champagner und lecke von obben bis unten ab den nackten Körper.«

Darauf fragt ihn ein Sachse ganz aufgeregt: »Sie, Müssjöh! Gehd das ooch midd Bier?!«

»Härr Ober! Wie lange muß ich denn noch auf mei Äsnn wardn?!"

»Ich bin nicht für Ihren Tisch zuständig, mein Herr. Bei welchem Kellner hatten Sie denn bestellt? Bei einem weißhaarigen?«

»Das is guhd meechlich, allerdings, als ich meine Beschdellung abgegeben hawwe – da haddor noch schwarze Haare gehabbd!«

Ein Herr zieht sich im Restaurant den Mantel an. Vom Nebentisch steht ein Mann auf, tritt an ihn heran, verbeugt sich leicht und fragt.

»Se wärn enschuldchn, awwr sinn Sie vielleichd dähr Härr Diräggdor Härdl aus Dräsdn?«

»Nein«, antwortet erstaunt der Gefragte.

»Das habb ich mir beinahe gedachd, awwr Sie ziehn gerade sein Mandl an. Ich bin nämlich dähr Härr Diräggdor Härdl aus Dräsdn!«

Unterwegs

Eine sächsische Reisegruppe besucht eine Theateraufführung in bayrischer Mundart. Frau Pätzold meint nach der Vorstellung zu ihrem Mann:

»Das hadd mir sähr guhd gefalln. Eechendlich richdisch schade, daß mir geen Dialeggd hamm!«

Ein Liebespaar sitzt am Ostseestrand und beobachtet den Sonnenuntergang. Sie halten sich eng umschlungen und betrachten hingerissen das Naturschauspiel. Da wird das andachtsvolle Schweigen durch die Stimme der Frau gebrochen:

»Gugge, glei didschdse nein.«

Der Männerchor macht eine Fahrt nach Paris. Herr Lehmann ist schrecklich aufgeregt. Paris! Was hat er nicht alles schon von der Stadt an der Seine gehört! Und erst von den Frauen!

In Paris, hat er sich vorgenommen, wird er sich was trauen. Der Bus rollt in die Stadt, und tatsächlich lehnt gegenüber dem Parkplatz schon eine von den schönen käuflichen Damen an einer Hauswand. Sie hat die Ankunft des Busses verfolgt.

Lehmann überquert schnellen Schrittes die Straße, und als er kurz vor ihr steht, sagt sie:

»Ah, Allemagne!«

Darauf Lehmann: »Nee, nee, nur ich alleene!«

Frau Schulze im Gebirge. Blauer Himmel. Die Sonne strahlt.

Weite Sicht auf das Bergpanorama. Frau Schulze ist sehr beeindruckt:

»Ach nee, wär das heide ä scheener Daach zum Wäscheaufhäng!«

Drei Sachsen hat der Zufall bei ihrem Urlaub in Bozen zusammengeführt. Sie planen eine gemeinsame Tour auf den Langkofel. Als ihnen die Kletterei zu brenzlig wird, lassen sie sich am Rande eines verschneiten Abhanges nieder und veranstalten – im Angesicht des herrlichen Bergpanoramas – einen zünftigen Skat.

Der überraschende Ausgang eines Grand mit

dreien in Mittelhand verleitet einen Spieler zu einer hastigen Bewegung. Er verliert das Gleichgewicht, stürzt vor den entsetzten Augen der Mitspieler rücklings zehn Meter in die Tiefe und bleibt im weichen Schnee stecken.

Nachdem sich die Zurückgebliebenen vom ersten Schreck erholt haben, schiebt sich einer vorsichtig über den Abgrund und ruft hinunter:

»Seidel! Sinn Sie am Lähm?«

Der aber versteht »Gähm« und brüllt zurück: »Nee … Meier gibbd!«

Nach der Grenze betritt ein Zollbeamter das Abteil.

»Spirituosen, Zigaretten, Kaffee?!«

»Dangke, ich bin eingedäggd!«

Auf der Zugspitze trifft ein Mann einen Bekannten aus seiner Heimatstadt.

»Nu, Garle, was machsd du denn hier?«

»Ich bin off dor Hochzeidsreise.«

»Un wo hasde denn deine Frau?«

»Cha, so is das ähmd bei uns Volgsschullehrern: For zwee'e langds allemal nich.«

Auf einem Bahnhof hält der Zug länger als geplant. Ein Reisender sieht ungeduldig aus dem Fenster, schimpft vor sich hin und ruft:

»Abfahrn!«

Der Bahnbeamte hat den Ruf gehört und fragt zornig:

»Wer rufd denn hier ›Abfahrn?!‹ Gee Aas rufd hier ›Abfahrn!‹ Bloß ich ruf hier ›Abfahrn!‹ ›Abfahrn‹!«

Eine Frau erzählt einer Hausbewohnerin von ihrem Urlaub.

»Hamm Sie sich denn von Ihrer Idahlchenreise ooch Andenken middgebrachd?«

»Nu glaar, jede Menge ... awwr die hadd mei Mann schon alle ausgedrungkn.«

Zwei Sachsen wollen eine große Reise machen.

»Na, wo wolln mir denn da mal hinfahrn?!

»Ich dachde, vielleichd nach Daschgennd.«

»Wo Iiechdn das?«

»Na, da hindn irschendwo in Sibirien.«

»In Sibirien?«

»Ja.«

»Nu, weeßde denn da 'n Wähch?«

»Da muß ich ma im Addlass nachguggn.«

Er schaut nach und meint dann:

»Also ... bis Dräsdn weeßchn jädz ... awwr dahinder dehnd sich's ja mächdich ...«

Ein Mann zieht eine Schachtel mit Zigarren aus der Tasche und fragt die mitreisende Dame im Eisenbahnabteil:

»Hamm Sie was dorgäschn, wenn ich eene rooche?«

»Fühlen Sie sich wie zu Hause.«

Darauf steckt er die Schachtel wieder ein und murmelt:

»Na guhd, dann ähm nich.«

Zwei Frauen stehen wartend auf einem Bahnsteig. Die eine will ihre Nachbarin in ein Gespräch verwickeln und beginnt:

»Mir kriechn heide scheenes Wäddor.«

»Mir ooch.«

Herr Möbius ist den ersten Tag auf hoher See. Er steht an der Reling. Wind kommt auf, die Wellen werden höher, und Herrn Möbius wird es im Magen ein wenig mulmig zumute.

Der Schiffsarzt macht eine Runde und fragt Herrn Möbius:

»Wünschen Sie ein Vorbeugemittel?«

»Nee, nee, vielen Dangk, awwr wenn's so weid is, beug' ich mich schon alleene vor.«

Mittagspause im Büro.

»Sag mal, ich habe gehört, daß du bald in Urlaub fährst – nach Sizilien?«

»Ja, ja, mir machn mal nundor nach Sizilien.«

»Jetzt im Juli?!

»Ja, ja.«

»Aber überlege mal, da unten sind doch jetzt 40 Grad im Schatten!«

»Nu ja, mir missn doch nich immer im Schaddn gehn.«

In einer Hafenstadt unterhalten sich zwei Männer einer Reisegesellschaft.

»Saachn Sie ma, genn Sie eichendlich die Wiesde Sahara?«

Der andere schüttelt resignierend den Kopf:

»Awwr mein Guhder … ich bin doch verheiraded … !«

Der brave Soldat Pietzsch

Während der Revolution von 1848. Eine Gruppe tapferer Soldaten wird gegen eine Barrikade geführt. Mit äußerstem Erstaunen nehmen sie wahr, daß von drüben mit scharfen Patronen geschossen wird:

»Na, Ihr mißd doch ä fermlichen Glabbs hamm! Nu herd mal sofort midd dähr dämlichen Schießerei off! Ihr machd noch so lange, bis ihr een dräffd!«

Ein junger Mann im alten Sachsen möchte sich gern vor dem Militär drücken. Er hat sich eine besondere List ausgedacht und wird sich ganz kurzsichtig stellen. Ein Arzt zeigt nun bei der Musterung mit dem Stab auf bestimmte Buchstaben, und der junge Mann sagt:

»Es duhd mir leid, Herr Doggdor, awwr ich sähe das alles verschwomm'.«

Der Arzt zeigt auf größere Buchstaben. Der junge Mann kneift die Augen zusammen.

»Es duhd mir leid, Herr Doggdor, awwr ich sähe das alles verschwomm'.«

Schließlich zeigt der Arzt auf die größten Buchstaben, die auf der Tafel abgebildet sind – der junge Mann sieht alles »verschwomm'.«

»Na ja«, sagt der Doktor, »wenn Sie so schlecht

sehen, dann muß ich Sie tatsächlich untauglich schreiben.«

Der junge Mann heuchelt: »Schade, ich hädde so gerne gediend.«

Nun aber raus aus der Kaserne! Auf der Straße macht er vor Freude einen Luftsprung, trinkt im nächsten Restaurant an der Theke ein Glas auf sein gelungenes Schauspiel und geht dann ins Kino.

Als er sich nach dem Vorfilm freudestrahlend in der letzten Reihe umsieht, entdeckt er plötzlich neben sich – den Arzt!

Er weiß sich aber gleich zu helfen und fragt ihn:

»Sie endschuldchn, gnädiche Frau, awwr das is doch hier dähr Bus nach Grimmidschau?!«

»Soldat Seifert! Warum muß der Soldat sein Leben für das Vaterland opfern?!«

Seifert überlegt kurz und sagt dann:

»Rechd hammse, Härr Feldwäwwl, warum eechendlich!«

Vor dem Sturmangriff. Der Hauptmann motiviert seine Krieger:

»Also, Leute, kein Erbarmen! Mann gegen Mann!«

Da meldet sich Herr Kretzschmar:

»Herr Haubdmann, wenn Sie mir vielleichd meinen Mann vorher zeichen genndn … ich dähde mich midd dähm gern giedlich einichen.«

Unteroffizier Schuffenhauer gibt genaue Instruktion für den Kirchenbesuch:

»Also, alle ma herhörn! Die zum Goddesdiensd abgommandierd sind, die dräffn sich vor der Gerche hindor dor Gerche und nach dor Gerche vor der Gerche, glaar?!«

Ein ziemlich betagter Herr meldet sich auf einer Wehrdienststelle. Der Mann im Büro ist fassungslos:

»Nee, heernse, Sie sinn doch schon viel zu ald! Sie genn mir nich mähr verwendn!«

»Ja, brauchen Sie denn geene Generäle?«

Der frisch Eingezogene:

»Herr Feldwäbl, ich hawwe eene Fraache: Ißd denn ä General nich midd Messer un Gabel?«

»Wie kommse denn auf so eine blöde Idee?!«

»Weil ich in dorr Zeidung geläsen hawwe: Der General schbeisde midd seinem Schdahb.«

Beim Stabsarzt.

»Wissen Sie, wogegen ich Sie geimpft habe?«

»Ja, gäschn mein' Willen.«

Ein Rekrut geht grußlos an einem Leutnant vorbei. Der ruft ihn zurück und schnarrt:

»Sagen Sie mal, kennen Sie mich nicht …?!«

»Nee … sinn Sie ooch aus Gahmenz?

Ein Soldat begegnet einem Offizier und grüßt ihn nicht.

»Sie!!! Kommse zurück!!! Solln Sie mich nich grüßen?!«

Der Soldat verwundert:

»So? … Von wähm denn?«

Ein Hauptmann zu einem Rekruten, der ihn nicht gegrüßt hat:

»Sie!!!«

»Ja?«

»Kommen Sie mal sofort zurück! Kenn' Sie keinen Hauptmann?!«

»'N Haubdmann? … wie soll er denn heeßn?«

Teekessel und Othello

An einer Hausecke steht ein Mann und wartet offensichtlich auf jemand. Ein zweiter Mann kommt des Wegs und schaut sich den Wartenden von der Seite an. Sein Gesichtsausdruck zeigt, daß er den dort Stehenden scheinbar erkannt hat. Dann geht er auf ihn zu und ruft:

»Sie!«

»Ja?«

»Sagen Sie ma, hamm mir uns nich schon ä ma in Daschgennd gedroffn?«

»Wo?«

»In Daschgennd!«

»Also, das tut mir leid, mein Herr, aber ich war in meinem ganzen Leben noch nie in Taschkent!«

»Ich ooch nich, da missn das zwee andre gewäsn sein.«

Im Zentrum einer sächsischen Stadt spricht ein Mann einen Passanten an: Enschuldchn Se, genn Sie dähn Wääch zum Radhaus?«

»Nein, das tut mir leid.«

»Da missn Se dord de erschde Schdraße rächds

neingehn und dann de nächsde widdr lingks un dann sähnses schon.«

Ein Mann trifft in der Stadt einen alten Bekannten.

»Nu guggemada, dor Baul! Mänsch, du hasd dich awwr voränderd. Du bisd doch gaum wiederzuergänn! Mensch, bisd du digge gewordn! Du siehsd doch völlig anders aus!«

Der Mann antwortet verblüfft: »Ich heiße doch gar nicht Paul!«

»Was?! Un Baul heeßde ooch nich mähr!!!«

In einem Eisenbahnabteil sitzen sich zwei Männer gegenüber. Der eine schaut aus dem Fenster und hält einen Pappkarton fest, in den mehrere Löcher gebohrt sind. Der andere Mann sieht immer wieder mal zu dem Mann und dem Karton. Schließlich kann er seine Neugier nicht mehr zügeln und fragt:

»Se wärn enschuldchn … awwr was hamm Sie'n in dähm Babbgardong?«

»Ä Mungo.«

»Ä Mungo?«

»Ja.«

Nach einer Weile:

»Sie wärn nochämal enschuldchn, awwr was issn das – ä Mungo?«

»Ä Mungo? Nu, dähr frißd Schlangn.«

»Ach so, dähr Mungo.«

»Ja, ja.«

Der Mann staunt noch mehr und will nun wissen:

»Na, un was machn Sie denn midd dähm Mungo?«

»Dähn bring ich meiner Dande. In Dräsdn.«

»Na, Ihre Dande in Dräsdn … haddn die Schlangn?«

»Nee, awwr die dräumd immer von Schlangn.«

Nun kommt der Fahrgast aus dem Staunen nicht mehr heraus.

»Awwr wennse bloß von Schlangn dräumt, dann sinn das doch gar geene richdchn Schlangn!«

»Is doch ooch gee richdcher Mungo!«

Das Schiff sinkt. Totales Chaos.

Abseits von der großen Panik steht ein Mann ganz ruhig an der Reling. Als ihm das Wasser schon bis zum Hals steht, hört man ihn vor sich hinsprechen: »Eechendlich wolld ich mich ja vorbrenn lassn …«

Im Hausflur.

»Sie entschuldigen, wohnt hier im Haus ein gewisser Vogel?«

»Ja, in dorr zweedn Ädahsche, Rabe heeßdr.«

Das Telefon klingelt.

»Is dord die eins – eins – eins – eins?«

»Nee, hier is de älfe – älfe.«

»Entschuldigen Sie, da bin ich falsch verbunden!«

»Machd nischd, das Delefohn hadde sowieso grade geglingeld.«

Zwei Männer sitzen in einem Eisenbahnabteil. Einer liest.

»Enschuldchn Se die Schdöhrung, awwr es is ä

berufliches Indrässe: Wo hamm Sie denn Ihre Grawadde gegoofd?!

»In Berlin. In der Leipziger Straße.«

»Aha, vielen Dangk.«

Nach einer Weile:

»Enschuldchn Se nochmals, awwr wieviel hammsn dafier bezahld?«

»Zwanzig Mark.«

»Aha, dangke.«

Schließlich rafft sich der Frager noch einmal auf:

»Eene lädzde Fraache! Seide?«

»Ja.«

»Scheißlich.«

Im fernen Jerewan begegnen sich zwei Sachsen und freuen sich über das unverhoffte Zusammentreffen.

»Sinn Sie vorleichd aus Leibzch?«

»Nee, ich bin nich aus Leibzch. Un Sie?«

»Nee, ich ooch nich.«

»Na, so ä Zufall!«

Zwei Freunde treffen sich. Sagt der eine:

»Fraach mich ma, wie mir's gehd!«

»So ein Unsinn, du gannsd mir das doch ooch so ...«

»Fraach mich doch mal, wie mir's gehd!«

»Du bisd awwr heide alwern ...«

»Nu fraach mich doch ma, wie mir's gehd!«

»So ein Quadsch, also guhd: Wie gehdsn dir?«
»Fraache nich!!!«

Ein Wanderer beobachtet im Wald einen Holzfäller. Er ist von dessen handwerklichen Fähigkeiten sehr beeindruckt. Als der Mann eine Pause macht, fragt er ihn:

»Sagen Sie mal, wo haben Sie denn das Holzfällen so gut gelernt?«

»In dorr Sahara.«

»In der Sahara! So ein Unsinn! Da gibt's doch gar keine Bäume!«

»Na, nu nich mähr.«

Ein Auto parkt vorm Haus. Plötzlich fällt ein Balkon herunter und zertrümmert den Wagen. Zwei alte Frauen sehen gegenüber aus dem Fenster und haben das Unglück beobachtet.

»Hammse das gesähn?«

»Is doch gee Wundor! Die fahrn doch alle wie vorriggd!«

Zwei Männer kommen auf einer Parkbank ins Gespräch.

»Sie hamm iebrichens gollosahle Ähnlichgeid midd meiner Frau … bis offn Schnurrbahrd nadierlich!«

»Aber ich habe doch gar keinen Schnurrbart!«

»Das hawwe ich ooch nich gesaachd! Awwr meine Frau hadd een!«

Finsterste Nacht in der Großstadt. Ein Mann wird überfallen.

»Gäld ohdr Lähm!«

Der Mann zückt seine Geldbörse: total leer.

»Dann gibb mor dein Ehering!«

Der Mann zeigt seine Finger: keinen Ehering.

»Deine Armbanduhr!”

Der Mann zieht seinen Hemdärmel hoch: nicht mal eine Uhr besitzt der Überfallene.

»Na, was habb ich denn da fier ä armes Schwein erwischd? Was bisde denn von Beruf?«

»Transportarbeiter.«

»Na guhd, dann draach mich ä Schdigg!«

Im Büro.

»Nu, ich graduliere ooch scheen. Sie hamm doch gärzlich Familienzuwachs gekrichd. Was isses denn? A gleener Junge?«

»Nee.«

»Ä gleenes Mädchen?«

»Errahdn!«

In einem Zugabteil unterhalten sich zwei Fahrgäste über alte Kulturen. Nachdem beide viel Wissen offenbart haben, fragt der eine leicht verschmitzt:

»Aber können Sie mir auch den gravierendsten Unterschied zwischen Griechen und Römern nennen?«

»Nein.«

»Ganz einfach: die Griechen konnten aus Römern trinken, aber die Römer nicht aus Griechen!«

Da mischt sich ein Sachse ein:

»Se wärn enschuldchn, awwr warum solln denn die Reemer nich aus Griechn dringkn genn?!«

Ein junger Mann ist als Tramper unterwegs und wird von einem Lastwagenfahrer mitgenommen. Nachdem sie eine Weile schweigend gefahren sind, holt der Fahrer eine Tüte mit weißem Pulver hervor und streut davon eine Handvoll aus dem Fenster. Der junge Mann wundert sich sehr.

»Was haben Sie denn in der Tüte?«

»Leewenbulver.«

»Wie bitte?«

»Leewenbulver.«

»Löwenpulver?«

»Ja.«

Dem jungen Mann verschlägt es die Sprache. Die beiden fahren schweigend weiter. Nach einiger Zeit streut der Fahrer erneut etwas Pulver. Der junge Mann fragt nun:

»Aber wofür soll denn das gut sein?«

»Na, gäschn Leewen.«

Wieder vergeht eine ganze Zeit, bis der Fahrer zum dritten Mal das Pulver verstreut. Nun rafft sich der junge Mann zu der Feststellung auf:

»Aber hier gibt's doch gar keine Löwen!«

Da beugt sich der Fahrer vertraulich zu ihm hinüber und sagt:

»Undor uns – es dohchd ooch nischd!«

Ein Hausmädchen bewirbt sich.

»Nu, saachn Se ma, Frollein, genn Sie den ooch gochn?«

»Nu glaar genn ich dähn! Wo'ch doch von dähm ä Gind hawwe!«

»Nee, Frollein, ich meene doch, ob Sie's Gochn gelärnd hamm?!«

»Ächa, das gonnde dähr schon.«

Ein Mann trifft einen Freund hoch zu Roß.

»Mansch, Heinz, nu, saache mal, du offn Färd?! Seid wann hasd du denn ä Färd?«

»Ach weesde, es is doch so: midd dor Schdraßnbahn hasde doch im Winder ofd Hudelei. Da bin'ch ä baar Mal zu schbäde off Arweed gegomm. Midd ä Färd dagäschn bisde immer bingkdlich.«

»Na ja ... so gesähn ... da hasde schon rechd ... Awwr saache ma, warum führsde denn noch ä zweedes Färd midd?«

»Nu, ich muß doch Angerbrigge umschdeichn!«

Ein Telegramm wird am Telefon aufgegeben.

»Hier is Felix.«

»Wie war dähr Name?«

»Felix.«

»Ich versteh Sie nich. Buchschdabiernse mal bidde!«

»F wie Fahderland, E wie Eelsardine, L wie Läggdrisch Lichd, I wie Iewrzieher un X wie Xangsverein!«

»Ach so, Felix, na, warum hamm Se denn das nich gleich gesaachd!«

Zwei Freunde treffen sich auf der Straße. Sagt der eine:

»Du, ich hawwe gar keene Zeit, ich muß zur Gwahrdäddbrowwe.«

»Gwahrdäddbrowwe? Wieviel seid ihr denn da?«

»Dreie, mei Bruder un ich.«

»Du hasd ä Bruder?«

»Nee.«

Dresden. Prager Straße. Ein Konfektionsgeschäft für Herren.

»Ich hädde gern ä fliederfarbenes Hämd.«

Die Verkäuferin zeigt dem Mann ein Hemd.

»Nee, das is mir nich fliederfarben genuch.«

Sie bietet ihm andere entsprechende Farbtöne an.

»Nee, das is alles nich das richdche.«

Die Verkäuferin weiß nicht mehr, was sie ihm noch zeigen soll.

»Im Schaufänsdr habb ich doch eens gesähn!«

Sie gehen nach draußen. Der Kunde zeigt auf ein bestimmtes Hemd.

»Awwr heernse ma, das is doch weiß!«

»Nu, es gibbd doch ooch weißen Flieder!«

Auf dem Arbeitsamt.

»Was sind Sie von Beruf?«

» Großwildjähcher. »

»Großwildjäger?!«

»Ja.«

»Wo?«

»In Leibzch.«

»In Leipzig?«

»Ja.«

»Aber in Leipzig gibt es doch gar kein Großwild!«

»Na, desdorweechn bin ich ja ooch arwweedslos.«

An einer Straßenbahnhaltestelle treffen sich zwei alte Schulkameraden.

»Na, was machd denn deine Arwweed?«

»Ich bin sähr zufriedn! Ich bin jädz sogar befördert wordn.«

»Saach bloß.«

»Ja, ich hawwe seid voricher Woche zehn Mann undor mir.«

»Donnerwäddor.«

»Mich hammse an eene Maschine im erschdn Schdogg geschdälld!«

Auf der Strecke Leipzig–Chemnitz sitzen sich zwei Freunde im Eisenbahnabteil gegenüber und haben schon längere Zeit nicht miteinander geredet. Endlich sagt der eine:

»Du, ich wär dir ma ä Rädsel offgähm … Äs schdehd offn Dach, hadd zwee rohde Beene un ä langen Schnahbl … was issn das?«

»Ä Schdorch.«

Nach einer Pause der Verwunderung sagt sein Freund:

»Ach, du ganndesd wohl das Rädsel schon?!«

Es klingelt an der Wohnungstür.

Frau Kretzschmar öffnet. Vor ihr steht der Berliner Freund ihres Sohnes.

»Is da Dieta da?«

Frau Kretzschmar ruft nach hinten: »Diedor! Gomme ma her! Hier is eener von dor Feierwähr!«

Zwei kleine Jungs im Gespräch.

»Mei Brudor, dähr läufd de hunderd Mehder in achd gomma zwee Seggundn!«

»So ä Gwadsch! Nie im Lähm! Das wär ja Weldreggord!«

»Euja, dähr gennd 'ne Abgirzung.«

Am Stammtisch.

»Saachnsema, Herr Schneidewind, wie gommds denn, daß Sie beim Gardnschbieln ständig gewinn, awwr beim Färderenn' nich een eenzchn Schdich sähn?«

»Ganz eefach – die Färde lassn sich ähm nich mischn.

Zwei Freunde philosophieren beim Bier. »Saachema, verschdehsd du, was dähr Einschdein midd seiner Relahdiwidähdsdeorie meende?«

»Nu glaar, das gann'ch dir genau erglärn. Dähr Einschein meende, daß alles reladief is. Vor allem ähm de Zeid! Gugge ma: Wenn du ä Nahchl im Schuh hasd un mußd dadorr midd noch ne Schdunde dorch de Gäschend laadschn, dann gommd dir die Schdunde wie fimfe vor. Gannsde dir das vorschdelln?«

»Ja, das gann'ch mir sähr guhd vorschdelln.«

»Siehsde ... wennde awwr im Sommer midd ä schnugglichn Mädl im Bargk off eener Bangk sidzd, dann gommd dir die Schdunde wie baar Minuhdn vor.«

»Aha, un das hadd dähr Einschdein erfundn?!«

Der Sachse in der DDR

Ein Volkspolizist im Schreibwarenladen.

»Ich hädde gärn einmal garierdes Linienbabier.«

»Was wollen Sie?«

»Garierdes Linienbabier.«

»Also, hören Sie, es gibt kariertes Papier und es gibt Linienpapier, aber kariertes Linienpapier – das gibt's überhaupt nicht!«

»Das gibbds gar nich …«

»Nein.«

Total verunsichert verläßt er das Geschäft. Der nächste Kunde ist zufällig ein Offizier der Volkspolizei.

»Na, sagen Sie mal, haben Sie das mitbekommen, was Ihr Kollege da verlangt hat?«

Der Offizier zuckt die Achseln und seufzt.

»Wenn Sie mit solchen Leuten arbeiten müssen, dann haben Sie es ja auch nicht einfach.«

»Nee, wir hamms nich einfach, wir missn ähm ooch nähm, wer gommd.«

»Und was wünschen Sie?«

»Ich hädde gärne ä Glohbus – von Dräsden.«

Ein Mann überquert schräg die Straße. Ein Volkspolizist hat das beobachtet und hält ihn an:

»Na, Bürger, wie gehn wir denn iewr de Schdraße?!«

Der Mann, unwillig, weil er schon wegen dieses kleinen Vergehens von dem Polizisten angehalten wird, antwortet:

»Na diagonahl!«

»So, und warum machn wir's nich?!«

Bei einer Kontrolle fragt ein Polizist einen Studenten, der ihm verdächtig vorkommt:

»Wie issn Ihr Name?«

»Paul Meier.«

»Baul Meier ... so, so ... Sie! Das machen Sie nich midd mir! Wenn Sie dängkn, Sie genn mich voräbbeln! Baul Meier! Also: Wie is Ihr Name?!«

»Na gut ... dann schreiben Sie eben ... Gotthold Ephraim Lessing.«

Der Polizist befriedigt:

»Na sehnse, warum denn nich gleich so!«

Zwei Volkspolizisten laufen zum ersten Mal zusammen Streik.

»Ich zeiche dir mal, wo ich wohne.«

Sie biegen um eine Ecke.

»Gugge das Haus dord driem, das is mei Haus. Das Fänsdor dord ohbn, das is mei Fänsdor, und die Frau, die am Fänsdor schdehd, das is meine Frau.«

»Un wer issn dähr Mann, dähr die grade von hindn angrabschd?«

»Das … bin ich.«

Zwei Polizisten laufen Streife. Ein Auto hält. Ein Mann beugt sich aus dem Fenster und spricht einen der Uniformierten in Englisch an. Der Polizist zuckt die Achseln.

»Ich gann Sie nich vorschdehn!«

Der Ausländer versucht es mit Französisch, Spanisch, Russisch! Immer mit demselben Ergebnis.

Als er weiterfährt, sagt der andere zu seinem Genossen:

»Hasde das middgekrichd – dähr gonnde vier Schbrachn!«

»Na und? Haddsn was genidzd?«

Vom Leipziger Hauptbahnhof kommt eine Straßenbahn die Goethestraße hochgefahren. Auf der Mitte der Straße steht ein Volkspolizist und rudert wild mit den Armen, daß die Bahn anhalten soll. Der Fahrer kann sich den Grund überhaupt nicht erklären, aber er hält natürlich die Bahn an, öffnet die Tür, beugt sich heraus und fragt: »Eh, was is denn iewrhaubd los?!«

Da antwortet der Polizist in scharfem Ton:

»Disgudiernse nich rum! Fahrnse rechds ran!!!«

Eine Frau will einen Polizisten veralbern und sagt ihm:

»Dort hinten im Container liegt ein Toter!«

In den Container hat jemand einen großen alten Spiegel hineingeworfen. Der Vopo sieht sich, erschrickt und sagt:

»Or, ooch noch eener von uns!«

»Saache ma, was machsdn du, wennde in de Wiesde gommsd un vor dir is ne Schlange?«

»Was sollchn da machn? Ich schdäll mich hindn an!«

An einer Straßenecke steht ein Polizist und beobachtet den fließenden Verkehr. Ein kleiner Junge kommt angeschlendert, stellt sich neben ihn und beobachtet sein Nichtstun. Nach einer Weile beugt sich der Gesetzeshüter zu dem kleinen Burschen herunter und sagt:

»Na, mei Gleener, du möchdesd wohl ooch mal Bollizisd wärn?!«

»Nee, ich nich … awwr mei Bruder, die faule Sau!«

Abschlußprüfung bei der Volkspolizei.

Ein Genosse kommt aus dem Zimmer.

Auf dem Gang wartet ein weiterer Prüfling. Er fragt ihn aufgeregt:

»Und? Wie war's? Erzähl mal!«

»Schwär, sähr schwär!«

»Was hammsn gefraachd?«

»Die Fraache laudede: Es is braun un schdehd im Regal. Was is das?«

»Was hasdn da gesaachd?«

»Da habb ich gesaachd: is eine Zusadzfraache geschdadded?«

»Eine ja.«

»Sinn da Schnürsängkl dran?«

»Ja.«

»Dann gann es sich nur um Schuhe handeln.«

»Sähr guhd!«

Nun geht der andere Polizist ins Prüfungszimmer und bekommt seine Frage:

»Es hängd an der Wand un machd digg-dagg. Was is das?«

Er murmelt leise vor sich hin: »Es hängd an dähr Wand ... un machd ... digg-dagg ...« Dann fragt er: »Geschdaddn Sie eine Zusadzfraache?«

»Ja.«

»Sinn da Schnürsängkl dran?«

»Nein.«

»Dann gann es sich nur um Sanndahln handeln!«

Ein Vopo betritt einen Intershop. Nachdem er sich umgeschaut hat, springt er plötzlich über den Ladentisch und ruft:

»Ich bidde um boliddisches Asiel.«

Musterung bei der Nationalen Volksarmee. »Se sinn dauchlich.«

»Awwr ich bin doch seit frühester Kindheit stark kurzsichtig. Ich sehe doch in die Ferne so gut wie gar nichts!«

»Das machd nischd, da wärn mir Sie ähm im Nahgambf ausbildn.«

1970 wurde in der DDR anläßlich seines 100. Geburtstages ein Leninjahr ausgerufen. Frau Pätzold hat es satt: »Überall nur noch Lenin! In dorr Zeidung! Im Rahdchoh, im Fernsehn! Das Bieschleisen habb ich vorsichdshalber gar nich erschd angemachd!«

Viele Witze der fünfziger und sechziger Jahre konnte nur ein Sachse richtig interpretieren, da Walter Ulbricht – unüberhörbar aus Leipzig stammend – in einer ganzen Reihe solcher Witze vorkam. Der erste Mann des Staates besucht eine Landwirtschaftliche Produktionsgenossenschaft. Ein musterhaftes Gut. Ulbricht lobt die fleißigen Bauern und gibt auch sein fachmännisches Urteil ab:

»Dähr Roggn schdehd ja sähr guhd, ja!«

Schonend wird ihm beigebracht, daß es sich bei diesem Roggen um Weizen handelt. Darauf er:

»Na, machd nichds – Haggfruchd bleibd Haggfruchd!«

In einem Betrieb berichtet der Werkleiter stolz, daß ein Kollektiv schon seit drei Jahren ohne Kesselstein arbeitet. Da antwortet der hohe Besuch:

»Ich werde mich bärsönlich dafier einsädzn, daß ihr Kässlschdein begommd! Un wenn es in dähr DDR keinen gibbd, dann werdn wir ihn äben imbordiern, ja?!«

Walter Ulbricht ist zu Besuch beim großen Mao Tsetung. Im Laufe des Gesprächs fragt er:

»Saach mal, Genosse Mao, habbd Ihr eichendlich in China auch noch Gehschner des Sozialismus?«

»Ja, Genosse Ulbricht, leider haben wir die auch noch.«

»Un was schädzd du denn, Genosse Mao, wieviel das in äddwah sind, ja?«

»Na ja, ich denke … so um die 17 Millionen können das schon sein.«

»So?! Also mähr sinn's bei uns auch nich!«

Vor Ulbrichts Staatsratsgebäude in Berlin versuchen zwei Volkspolizisten einen Fahnenmast einzugraben. Als der Mast im Loch steht, bleibt logischerweise Erde übrig. Sie graben daraufhin ein zweites Loch, um die Erde dort hineinzuschaufeln. Wieder bleibt Erde übrig.

Walter Ulbricht hat das Treiben schon eine Weile beobachtet und ruft aus dem Fenster:

»Ihr mißd diefer graben, Genossn, ja?!«

Als zu Ulbrichts Zeiten wieder mal die Butter knapp war, erfand der Volksmund einen »Kommentar« im Stil des sächsischen Partei- und Staatschefs:

»Wenn unsere Feinde behaubdn, wir häddn keine Buddr, so is das wieder eine dieser diebischn Hädzdierahdn aus Westdeudschland, ja?! Nadierlich haben wir Buddr, ja?! Wir haben bloß im Momend kein Babier, um sie einzuwiggln!«

Die folgende Geschichte soll wirklich passiert sein. Sie spielt in einem Schauspielhaus in Sachsen. In der DDR gab es in Betrieben sogenannte Kultur- und Bildungspläne, die auch den gemeinsamen Besuch von Theateraufführungen vorsahen.

Die Vorstellung läuft schon eine Weile, als ein verspätetes sozialistisches Kollektiv eintrifft. Irgendein klassisches Stück wird gegeben. In dem Moment, als die Gruppe leise das Theater betritt, wird auf der Bühne gerade in einem Dialog die Frage gestellt:

»Wer seid Ihr? Und warum kommt Ihr so spät?«

Da tönt es von hinten:

»Mir sinn die Brigade achder Bardeidaach. Unser Bus hadde Banne!«

In einem Heimwerker-Geschäft. Ein Mann hat seine ganze Wunschliste vorgelesen … von bestimmten Schrauben, die er kaufen wollte, bis hin zu Werkzeugen wie zum Beispiel einem Abbrenngerät. Der Kaufwillige erntet vom Mann hinter dem Ladentisch nach jedem Wunsch immer wieder nur ein Kopfschütteln. Mißmutig fragt der nun:

»Na, saachn Se mal, was hamm Sie denn iewrhaubd?!«

»Durchgehend geöffnet.«

Ein Ehemann überrascht seine Frau mit seinem besten Freund im Bett: »Mänsch! Ihr mährd hier rum, un in dor HO gibbs Abblsien! »

Sächsische Miniaturen

Irgendwann in den letzten Jahren der DDR (ohne zu ahnen, daß es die letzten waren) begann ich, angeregt durch Lene Voigt, Hans Reimann und andere Dichter sächsischer Zunge, einmal genauer hinzuhören, was der Volksmund so im Alltag erzählte. Und immer wenn ich in der Kaufhalle oder in der Straßenbahn einen originellen Satz aufschnappte, schrieb ich den in mein kleines Notizbüchel. (Sie sehen also, nicht jeder, der in der Straßenbahn etwas aufgeschrieben hat, war bei der Stasi!)

So entstand nach und nach eine Sammlung sächsischer Miniaturen, aus der ich Ihnen nun meine Lieblingsstücke vorstellen möchte.

Guter Vergleich

Am Gartenzaun unterhalten sich zwei Männer.

»Dähr gonnde iewrhaubd nischd dafier! Dähr Lasdgrafdwahchn is ihm voll in die Seide gefahrn! Er gonnde gerade noch offn Nähmsidz hubbn, sonsd wär er dohd gewäsn. Dem sei Audoh habb'ch gesähn, das häddense nich gegloobd, daß da eener läwwend rausgegomm is. Das Audoh war offgerubbd – wie ä Wesdbagehd!«

Optimismus

Über Optimismus wurde bekanntlich in der DDR vierzig Jahre lang unentwegt geredet. Er wurde staatlicherseits quasi verordnet wie Halswickel.

In der Wirklichkeit erlebte ich diese Lebenseinstellung zum Beispiel in dem Satz jener Frau, die in der Straßenbahn einer Freundin in heiterer Art von einigen versuchten, aber leider erfolglosen Einkäufen berichtet und schließlich die folgende Bilanz zieht:

»Aber du siehst: Nischd erreichd un drodsdähm frehlich!«

Glück im Unglück

Zwei Männer stehen vor dem Schaufenster eines Uhrenladens.

»Gärzlich habb ich mir so ä deiren Wäggr gegoofd, derde angeblich wasserdichde sinn soll. Un nu is Gondenswasser hinderm Glas!«

»Nu, da hasde awwr Schwein gehabbd.«

»Wieso habb ich denn da Schwein gehabbd?«

»Na, bei Gondensmilch dädsde gar nischt mähr sähn.«

Böse Erfahrung

Zwei Männer sitzen beim Bier und unterhalten sich über die Situation in ihren Betrieben. Der eine ist mit dem ganzen Leitungsstil im Werk total unzufrieden, die kritischen Bemerkungen gipfeln in seinem Resümee: »Unfähichgeid … das is bei uns de bäsde Räfäränz fier eene hohe Fungsiohn!

Biß im Imbiß

Zwei Männer sind sich in einem Imbiß in die Wolle geraten. Der eine gibt die Streiterei auf, winkt ab und will sich wieder seiner Suppe widmen. Der andere erregt sich jedoch weiter:

»Da brauchsde gar nich so zu guggn, du!«

Weil der Mann ihn kurz mit offenen Mund anschaut, fährt er ihn an: »Mach' dein Subbnschachd zu!«

Und nun fährt er seine schwersten Geschütze auf:

»Du gannsd ja mal midd rausgomm! Na los! Los! Gomme ma midd raus! Da gannsde mal ä Loobing machn, du! Da wärds heide ahmd nischd midd Gissn! Da mußde dann deine Libbe giehln!!!«

Die Warnung

Wie so oft in der DDR, hatte sich in einem Laden wieder einmal eine stattliche Wartegemeinschaft angesammelt. Da es aber vor dem Ladentisch nicht zur Bildung einer ordentlichen Schlange gekommen war, sondern die Menschen als ungeordnete Gruppe den kleinen Raum füllten, begann sich ein kräftiger Mann allmählich nach vorn zu drängeln. Er wurde deshalb von einem neben ihn Stehenden zurechtgewiesen. Darauf sagt dieser zu ihm ganz leise: »Bis ruhich, sonsd wärschsde eingeahdmed!«

Rat für einen Unentschlossenen

Am Backwarenstand einer Kaufhalle kann sich ein älterer Mann ewig nicht entscheiden, welche Torte er nun kaufen soll:

»Un die braune, was issn das fier welche … un wie schmäggdn die braune Dorde?

Guhd, he? … un was gosdedn die rosane Dorde dord? … die sieht ooch guhd aus, die rosane … un wie issn die dorrnähm … nee, nich die ziddriche Dorde …« (Dabei handelte es sich um ein Stück Obsttorte mit Gelee, das den Tortenfreund wegen des wackligen Oberteils zu dieser Wortschöpfung animierte.)

»… Un saachnsema is das dord driem Buddorgrähm ohdor Gwargsahne!? Das sieht aus wie Buddorgrähm, gönnde awwr gönnde awwr ooch Gwarg … Gwargsahne sein!«

Hinter mir steht ein ebenfalls älterer Herr, der aus lauter Ungeduld schon von einem Bein auf das andere tritt, weil er die ganze Fragerei genau verfolgte. Als es vorn kein Ende nimmt, höre ich ihn vor sich hinsprechen:

»Mänsch! Nimm ä Sagg Gardoffeln un hau ab!«

Überraschungsei

In einer Kaufhalle sorgt ein Kind für unglaubliche Unordnung. Einerseits macht es ordentlich Krach, andererseits zerrt es Waren aus den Regalen und verteilt sie im Raum. An mehreren Stellen liegen Kartons im Gang.

Eine Mitarbeiterin fordert schließlich die Mutter auf, ihrem Kind Einhalt zu gebieten. Die Mutter sagt:

»Mein Kind wird antiautoritär erzogen.«

Das Durcheinander geht also weiter, die Mitarbeiterin der Kaufhalle diskutiert mit der Mutter, die Situation spitzt sich zu. In Rage gekommen, greift sich die Frau im weißen Mantel ein Ei aus dem neben ihr stehenden Regal, zerdrückt es auf den Kopf der Mutter und meint:

»Ich bin auch antiautoritär erzogen worden.«

Während die Mutter vor Überraschung sprachlos ist, meint eine nebenstehende feine alte Dame, die den ganzen Kuddelmuddel verfolgt hat, zu der Verkäuferin:

»Und ich bezahle das Ei!«

Zu spät

In einem Geschäft für elektrische Haushaltgeräte wendet sich eine ältere Frau mit folgenden Wunsch an den Verkäufer:

»Ich möchte gerne eine Kühlbox bestellen.«

Der Mann blickt der Frau eine Weile sinnend ins Gesicht und sagt dann zögernd:

»Sie … sinn doch schon … Rändnerin …«

»Ja.«

Zögernd rückt er nun mit der ganzen Wahrheit heraus:

»Awwr meine Guhde … das erlähm Sie nich mähr, wenn die gommd … da sinn Sie schon dohd.«

Absurder Wunsch

In meinem DDR-Schreibwarenladen frage ich die ältere Dame hinter der Ladentafel:

»Sagen Sie, haben Sie denn nicht wieder einmal gefütterte Briefumschläge?«

Darauf sie: »Awwr, mei Guhder, doch nich middn im Sommer!«

Keinen Respekt

Als zur Messe Erich Honecker Leipzig besucht und deshalb der Promenadenring gesperrt ist, sitze ich in einem Taxi und wir müssen eine ganze Weile warten, bis wir endlich weiterfahren können. Da meint der Taxifahrer lakonisch: »So ä Offriß wäschn ä eenzelnen Rändner!«

Alles fürs Auto!

Im DDR-Leipzig unterhalte ich mich mit einer Taxifahrerin über Menschen, denen das Auto über alles geht. Sie sagt mir:

»Ich genne een, dähr hadd ä Wollwoh! Awwr was dähr in dor Wohnung schdehn hadd, daß dädn Sie sich nich mal gedraun, nachds in Gonndähner zu schmeißn!«

Andere Rede, anderer Sinn

Ich glaube, hin und wieder aufkommende Probleme der Verständigung zwischen Sachsen und Berlinern liegen einfach im verschiedenen Gebrauch von Sätzen und Redewendungen.

Beispiel: Ich nähere mich einem parkenden Taxi:

»Sinn Sie frei?«

»Wat soll denn sein?!«

Vom etwas härteren Sprachklang der Berliner fühle ich mich sofort angegriffen.

Obwohl die das gar nicht so meinen.

»Wat soll denn sein?!« verstehe ich als »Na, was denkst du denn, warum ich hier herumstehe, ist doch wohl logisch, daß ich frei bin!«

Dabei wollte der Berliner lediglich von mir wissen, wo er sein Gefährt hinsteuern sollte und konnte nicht ahnen, daß man da in Sachsen schlicht und ergreifend fragt: »Wo sollsn hingehn?«

Schlagfertig

Verkehrskontrolle. Ein Polizist stoppt einen Motorradfahrer mit der Kelle. Als der Fahrer angehalten hat, sagt der Polizist:

»Schdeichnse aus!«

Darauf entgegnet der Motorradfahrer:

»Reichds nich, wenn ich de Scheibe rundorleire?«

Genau daneben

Der Leipziger kennt seine Heimatstadt und gibt Fremden gern Auskunft.

»Sagen Sie bitte, wie heißt denn diese Kirche dort drüben?«

»Die Gerche dort? Das is de russisch-ordobädische.«

Die genaue Auskunft

Sachsen geben prinzipiell gerne Auskunft.

Aus Freundlichkeit. Um zu zeigen, daß sie Bescheid wissen. Und weil sich dadurch auch die Chance eines Gespräches ergibt.

In einer Straßenbahn in Leipzig will eine Frau in die Steinstraße, und zwischen zwei Fahrgästen hebt sofort ein freundlicher Disput an, welche Haltestelle nun die günstigere ist. Soll die Frau Kurt-Eisner-Straße aussteigen und »vorzu loofn« oder soll sie bis zur Richard-Lehmann-Straße fahren und dann »zurigg gehn«.

Die Fragende sieht etwas hilflos von einer zur anderen. Als die Bahn von der Kurt-Eisner-Straße wieder anfährt, erhält sie endlich genauer Auskunft:

»Jädz häddense eichendlich ausschdeichn missn!«

Gut kombiniert!

Im HO Backwaren-Geschäft stehen zwei Frauen in der Schlange am Ladentisch. Die eine macht ihre Bekannte auf den gefüllten Streuselkuchen hinter der Glasscheibe aufmerksam, weil das Oberteil etwas verschoben ist:

»Nu, gugge dir mal dähn Guchn an! Wie dähr aussiehd!«

»Das gann'ch dir erglärn – dähr Fahrer mußde wahrscheinlich heude mal scharf brämsn!«

Die rechtzeitige Information

Eine ältere Frau kommt im Süden Leipzigs an eine Haltestelle der Straßenbahn. Sie sieht sich erst eine Weile um und fragt dann einen Mann:

»Saachn Se ma, de Vierunzwanzch, wo häldn die?«

»Na, hier.«

»War die Haldeschdelle nich mal vorlegd?«

»Weeß ich nich, die häld jedenfalls hier.«

»Da fährd die von hier wiedr nauswärds?«

»Ja.«

»Un neinwärds?«

»Neinwärds is die Haldeschdelle um die Egge.«

»Also wie immer.«

»Ja.«

»Ich muß nämlich nach Deelidz.«

»Na, da missn Se hier einschdeichn.«

»Guhd … na ja, ich brauchs erschd in värzn Daachn.«

Verfahrene Situation

Zwei Straßenbahnen-Linien fahren von Leipzig nach Markkleeberg. Am Connewitzer Kreuz endet die gemeinsame Route. Die Linie 11 biegt nach links in Richtung Markkleeberg-Ost und die Linie 28 (heute Linie 9) rollt halbrechts nach Markkleeberg-West.

Als eine »28« vom Connewitzer Kreuz aus weiterfährt, biegt sie plötzlich zur Überraschung aller nach links in die Fritz-Austel-Straße (heute Bornaische Straße). Großes Erstaunen im Waggon.

»Wassn da los?!«

»Das is wohl gar nich de Achdunzwanzch?«

»Glaar war das de Achdunzwanzch!«

»Vorleichd änne Umleidung?!«

»Äh, wo, das gehd doch gar nich! Es gibbd doch geene Vorbindung von Osd nach Wesd!«

Hinter dem Wiedebachplatz hält die Bahn plötzlich an. Der Fahrer kommt aus seiner Kabine: »Mänsch, ich muß zurigg! Ich habe mich verfahrn! Ich dachde, ich bin de Elf!!!«

Bedient

In einem beliebten Kaffeehaus der Leipziger Innenstadt bringt die Kellnerin, als rauher, aber herzlicher Typ den Stammgästen bekannt, einen Kaffee an den Tisch. Als sie die Tasse abstellt, meint der Gast, der nicht den Servierstil dieser Dame kennt:

»Ich hatte aber bei Ihnen ein Kännchen bestellt!«

Die Kellnerin stutzt kurz und sagt dann zu ihm: »Ach, du mußd nich immer so viel Gaffee saufn!«

Der Unterschied

Im »Kaffeebaum«, nach »Auerbachs Keller« das bekannteste Lokal in Leipzig, gibt ein Gast seine Bestellung auf.

»Ich hätte gern einmal Eier mit Bratkartoffeln.«

»Wollnse Schbiechleier ohdor Riehreier?«

»Ach, wissen Sie, das ist mir eigentlich egal.«

Da beugt sich der Kellner etwas verschwörerisch zum Gast herunter und meint:

»Nu ja, Schbiecheleier gennse nachzähln!«

Knapp daneben

Wenn Sie bis hierher gelesen haben, dann werden Sie bestimmt längst akzeptiert haben, daß Sächsisch ein eigenständiger Dialekt ist. Aber was noch nicht überall bekannt ist – er besitzt auch eine eigene Grammatik! Die muß noch popularisiert werden!

Als ich Anfang der siebziger Jahre Redakteur im »Börsenblatt für den deutschen Buchhandel« war, hatten wir ein Original von Raumpflegerin. Sie nannte beispielsweise das stark lädierte Auto unseres Chefredakteurs Harry F: »Harrien seine Schmädde«! Ein Glanzbeispiel des sächsischen Genitivs: »Harrien.«

Auch im besonderen Umgang mit den Zeitformen haben wir Sachsen allerhand drauf. Ich biete Ihnen erst einmal eine historische Geschichte. Sie spielt in einem Obst-und Gemüsegeschäft im alten Leipzig.

Eine Frau betritt den Laden.

»Ich hätte gern Pfirsiche.«

»Färßche wollnse? Nee, das duhd mir leid. Hamm duhn mir momendahn oochenbligglich grade geene, awwr kriechn kenns sinn, daß mor welche dähdn.«

Alles klar?

Nun die von mir erlebte Begebenheit in Sachen Zeitformen. In der Seeburgstraße will ich eine Frau besuchen. Auf dem Hof treffe ich eine Hausbewohnerin, die mich folgendermaßen aufklärt:

»Zur Frau Schneider wollnse? Die is nich mähr da. Da missense eher gomm. Da war die noch da.«

Der Grund

Bei meinem Zahnarzt. Die Ausstattung in der Poliklinik ist in den achtziger Jahren schon etwas ramponiert. Der Kunststoffbezug des Behandlungsstuhls ist beispielswiese am Kopfteil über die Jahre rissig geworden. Und mit einem neuen ist man vermutlich entsprechend der Planung »noch nich dran.«

Als ich meinen Zahnarzt auf das desolate Teil aufmerksam mache, meint er: »Das gommd nur davon, weil du immer so ä scharfes Schammbuh benudzd!«

Alle Achtung!

Die große Geigerin Anne-Sophie Mutter gibt ein Konzert im Gewandhaus zu Leipzig. Gebannt lauschen die Besucher der grandiosen Künstlerin. Großartig ihr Spiel, absolut perfekt.

In der Pause höre ich auf dem Gang, wie ein Konzertbesucher sein Lob über die begnadete Künstlerin in die folgenden sächsischen Worte faßt:

»Also, das hadd de Muddie ja wärglich wiedor sehr scheen gemachd!«

Logisch

Beim Arzt. Belastungs-EKG. Die Schwierigkeitsstufe beim Treten wird erhöht. Die Frau auf dem »Steh-Fahrrad« beginnt zu japsen.

»Nee, das gehd ja dermahsn schwähr! Das schaff ich nich!«

»Sie müssen sich eben vorstellen, daß Sie mit einem Fahrrad einen Berg hochfahren.«

»Da dähde ich jädz abschdeichn!«

Nord-Süd-Gefälle

Man sagt bekanntlich dem Sachsen nach, er wäre angeblich »helle, heeflich un heemdigsch«. Letzteres ist selten zu beobachten und kam wohl eher dazu, weil noch ein drittes Attribut gesucht wurde, daß auch mit »he« anfing.

Aber urteilen Sie selbst über eine Geschichte, die sich im heißen Herbst 1989 in Leipzig zugetragen hat – in einer Zeit also, in der im hohen Norden des Landes noch keinerlei Unruhe zu spüren war.

Ein Auto aus Rostock fährt an eine Leipziger Tankstelle.

»Volltanken.«Der Tankwart schüttelt den Kopf.

»Sie kriechn von mir gee Benzin.«

»Wieso nicht?«

»Sie kriechn gee Benzin.«

Die Verwunderung des Norddeutschen geht nun in Ärger über:

»Aber wieso denn nicht?!«

»Mänsch, eh ihr da ohbn mal offwachd! Mir machn hier undn de ganze Revoludschohn alleene un ihr gommd nich aus dor Hifde! Sie kriechn nischd!«

»Da gehe ich zur Polizei!«

»Das gannsde machn, da saache ich, du hasd geroochd!«

So weit diverse sächsische Miniaturen aus der DDR-Zeit und nun noch einige aus den letzten Jahren.

An der Tankstelle

Während ein Mann sein Auto betankt, steigt seine Frau aus und meint zu ihm: »Ich geh nur mal schnell dord in den Schobb!«

»Lieber nich.«

»Warum denn?«

»Ich habb'n Anhänger nich midd.«

Der Menschenfreund

Heutzutage ein Taxi zu fahren, kann mit Gefahren verbunden sein. Ein Fahrer erzählte mir, wie er in einer brenzligen Situation reagiert hat:

»Da kamen zwee Diebn, die waren mir gar nich koscher. Ich guggde mir die an und meende zu denen: Ich saache Euch glei – Iewrfall lohnt sich bei mir nich! Ich habe nischd! Nehmd ne Fleischersfrau, die hadd keen Funk und viel mähr Gäld!«

Unmöglich

Jahreswechsel.

Auf dem Hof liegt ein weggeworfener Weihnachtsbaum. Lametta hängt noch dran. Zwei Müllmänner rollen einen Container auf die Straße. Auf einem Balkon steht ein Mann und ruft den beiden zu:

»Genn Sie nich den Boom middnehm?«

Nun wird er von den Müllmännern informiert:

»Nee, dähr gehd uns nischd an.«

»Dähn krieschn mir ooch gar nich ins Audoh. Dähn soll mal scheen dähr endsorchn, dähr ihn hingeschmissn hadd!«

Der Hausbewohner klärt die zwei auf:

»Das gann niemand aus unserm Haus gewäsn sein. Bei uns hamm alle Hochschulabschluß!«

Volksdichtung

Als der alkoholkranke Harald Juhnke in den Gazetten des Landes Dauergast war und vor allem BILD sich wie immer scheinheilig um seinen Gesundheitszustand »sorgte«, beobachtete ich zwei angetrunkene Männer. Sie standen mit der Bierdose in der Hand an einem Zeitungsstand vor dem aufgestellten Werbeträger mit der BILD-Titelseite. Der eine zeigte auf das Foto des beliebten Schauspielers und rezitierte:

»Wer eild noch so schbähd durch das Gewiddor?
Äs is Harald Juhnke, dähr hold noch ä Liddor!«

Manöver

Dölitz ist ein schon lange eingemeindeter Ortsteil von Leipzig. Vom im Krieg zerstörten Schloß steht nur noch das Torhaus. Die gesamte Anlage war seinerzeit zur Völkerschlacht hart umkämpft.

Im Mauerwerk sind heute noch Kanonenkugeln von 1813 zu sehen.

Jene Traditionsgruppen, die alljährlich in voller Montur der Völkerschlacht gedenken, veranstalten dort zum Jahrestag Biwak, spielen Szenen aus jenen Zeiten nach, und mitunter wird auch »richtig« geschossen.

Auf der Terrasse der ganz in der Nähe befindlichen »Spreewaldschänke« im agraPark erschrickt ein Ehepaar, als es plötzlich mörderisch kracht. Die Frau fragt:

»Was war denn das?!«

»Nu, die schießn nebenan.«

»Wer?«

»Na, die von dor Völgerschlachd.«

»Die schießen?!«

»Ja, ja.

»Awwr doch nich richdich?«

»Nu glaar, midd nor aldn Ganohne.«

»Awwr nich midd richdchn Guhchln.«

»Doch, midd richdchen Guhchln.«

»Ah.

»Na, was dengksd du denn, wo die freien Blädse hier hergomm?«

Schlußbemerkung

Und wie ist es nun um neue sächsische Witze bestellt?

Schlecht. Wie überall. Wer erzählt heute schon mal einen Witz?

Vor lauter echten und auch falschen Sorgen vergessen die Leute einfach, Witze zu machen. Das überlassen sie dann den comedy-Fritzen im Fernsehen. Und so sehen die Scherze dann auch aus ...

Auch dem sächsischen Volksmund hat es in der neuen Zeit ein wenig die Sprache verschlagen. Der politische Witz ist nahezu ausgestorben.

Dabei schreit doch die Zeit nach Satire! Aber die Politiker sind mit ihren unfreiwilligen Pointen unschlagbar ... für solche Schoten reicht die Fantasie eines Normalbürgers nicht.

Nun gut, zwei Belege aus den frühen 90er Jahren kann ich Ihnen wenigstens bieten. Den ersten brachte mir mein Freund und Kollege Tom Pauls aus Dresden mit:

Kurz nach der Wende spaziert ein Herr im langen offenen Mantel, beste Qualität, an der Elbe entlang. In der Hand hält er eine Tasse. Plötzlich beugt er sich zum Fluß, schöpft mit der Tasse Wasser aus der Elbe und will sie zum Munde führen.

In diesem Moment stürzt ein Dresdner auf ihn zu:

»Sinn Sie denn wahnsinnich gewordn?! Das genn Se doch nich dringkn. Das is doch das buhre Gifd! Da gehn Se doch dohd!«

Der feinangezogene Herr entgegnet dem besorgten Dresdner:

»Entschuldigen Sie bitte, aber ich habe Sie nicht verstanden, ich bin Immobilienmakler aus Hannover.«

Darauf stutzt der Dresdner kurz und sagt dann:

»Dringkn Se langsam. 'S is gald.«

Und schließlich noch diesen Beweis, daß der Witz des Volksmundes nicht total verstummt ist:

Ein Trabbi und ein Mercedes stehen auf der Autobahn im Stau nebeneinander. Der Fahrer des Trabbis lächelt den Mercedesfahrer freundlich an: »Wollnse een Gaffee? Ich hawwe grade frisch gebriehd!«

Der Mercedesfahrer staunt und nimmt den Kaffee dankend entgegen.

Eine Woche später geraten die beiden zufällig wieder im Stau nebeneinander. Der Trabbifahrer fragt:

»Wollnse 'ne Bizza? Ich hawwe grade frisch gebaggn!«

Dem Mercedes-Besitzer verschlägt es die Sprache. Am nächsten Tag fährt er sofort in seine Werkstatt.

»Bauen Sie mir eine Kaffeemaschine ein, einen Pizza-Backofen … und … einen Zapfhahn für Bier!«

Eine Woche später entdeckt er den Trabbi wieder im Stau, versucht an ihn heranzukommen. Kurz bevor er ihn erreicht hat, bemerkt er, daß der Trabbi völlig beschlagene Scheiben hat.

»Aha«, denkt er, »ihm ist vermutlich seine Kaffeemaschine explodiert.«

Schließlich klopft er an die Scheibe und fragt:

»Na, wollen Sie ein frisch gezapftes Bier?!«

»Gärne … ich dusche nur schnell zu Ende.«

Die beiden – die lassen doch hoffen, oder?!

Um zum Schluß noch einmal auf den Anfang zurückzukommen … wie Sächsisch so allgemein im Lande auf andere wirkt …

Das Schöne an den Sachsen ist für mich vor allem, daß sie auch selbst herzlich über ihren Dialekt lachen können, wenn man ihnen von der Bühne bestimmte Beispiele vorführt. Sie »beehln« sich über ihre Sprache in der Art: »Genau! So duhn mir redn!«

Aber es gibt auch Sachsen, die sich unterwegs »scheniern«, sogar Anfälle eines sprachlichen Minderwertigkeitskomplexes bekommen und sich dann mühen, hochdeutsch zu reden.

Diesen Leuten rate ich: Lassen Sie es sein! Sie schaffen es sowieso nicht!

Erzählen Sie lieber ein paar Witze aus diesem

Buch und denken Sie daran, daß es in den alten Bundesländern einen riesigen Nachholbedarf für sächsischen Humor gibt.

60 Millionen Verbraucher! Und wir sind bei diesen Produkten nun wirklich die alleinigen Marktführer!

Bernd-Lutz Lange
Das Leben ist ein Purzelbaum
Von der Heiterkeit des Seins
Mit Illustrationen von Egbert Herfurth
382 Seiten
ISBN 978-3-7466-2965-0
Auch als E-Book erhältlich

Die Heiterkeit des Seins

Von Mendelssohn bis Masur, von Ringelnatz über Reimann bis Rühmann, von Schorsch Mayer bis Wolfgang Mattheuer – hier kommen sie alle zu Wort. Der Autor und Kabarettist Bernd-Lutz Lange hat sich umgesehen in Geschichte und Gegenwart. Er hat nach Lutherscher Manier dem Volk aufs Maul geschaut, hat Literaten, Künstler und Wissenschaftler nach unvergesslichen Lebensmomenten befragt. Aus diesem reichen Material komponiert er eine Sammlung humorvoller, manchmal auch nachdenklicher Erzählungen und Anekdoten, die den Bogen von der Reformation bis in unsere Zeit schlägt.

Bernd-Lutz Lange möchte seine Leser unterhalten, ihnen die Heiterkeit des Seins vor Augen führen – und das gelingt ihm auf diesem Spaziergang durch die Jahrhunderte ganz fabelhaft.

»Lange begeistert als Beobachter der Zeitgeschichte.« Dresdner Neueste Nachrichten

Regelmäßige Informationen erhalten Sie über unseren Newsletter. Jetzt anmelden unter: www.aufbau-verlag.de/newsletter

atb aufbau taschenbuch

Bernd-Lutz Lange
Zeitensprünge
Kreuz und quer durch mein Leben
Hörbuch. 1CD
Gelesen von Bernd-Lutz Lange
ISBN 978-3-351-03288-3

Jahreszeiten eines geglückten Lebens

Bernd-Lutz Lange liest heiter und nachdenklich stimmende Episoden aus seinen erfolgreichen Büchern. Es beginnt immer mit der Kindheit, in diesem Fall mit Magermilch und langen Strümpfen und dem Glück des Überlebens. Auf die Nachkriegskindheit folgt eine Jugend mit Mauer, Jeans und Prager Frühling. Plötzlich wurde ein ganzes Land dichtgemacht und bekam Stubenarrest, bis sich erst Jahrzehnte später das Wunder des Leipziger Herbstes ereignen sollte. Auf Mut folgten manchmal Mut- oder Ratlosigkeit, aber die Verhältnisse geizten nie mit Pointen.

In einer guten Stunde porträtiert Bernd-Lutz Lange eine sagenhafte Epoche, die er mit Neugier, Chuzpe und Menschenfreundlichkeit begleitet hat.